Tardes Felices

Edición exclusiva impresa bajo demanda por CreateSpace, Charleston SC.

© Salvador Fleján, 2016
© Ediciones Puntocero, 2016
© @alfadigital.es, 2016

.CERO

EDICIONES PUNTOCERO
e-mail: contacto@edicionespuntocero.com
Twitter: @ed_puntocero
www.edicionespuntocero.com

ISBN: 978-980-7312-37-0

Diseño de colección
Ediciones Puntocero

Diagramación
Rocío Jaimes

Fotografía de portada
Guillermo González en el «Show Fantástico».
Foto: Archivo Fotográfico/Grupo Últimas Noticias

Corrección
Carlos González Nieto

Printed by CreateSpace, An Amazon.com Company

Tardes Felices

Crónicas Pop Apocalípticas

SALVADOR FLEJÁN

.CERO PUNTOCERO NO FICCIÓN

Contenido

A la memoria de Enrique Furelos Fleján, sobrino,
amigo y personaje literario.

Buena parte del material de este libro debe su exis-
tencia, e incluso buenos momentos, a tres personas
sin cuyo látigo, guía y terquedad no hubiese sido
posible. Hoy les quiero dar las gracias más sinceras a
Jaime Garvett y Estefanía Díaz Rivero, mis editores
en el semanario *Quinto Día*. También a mi mujer,
Carla Cordero, por su amoroso látigo.

Que una cosa sea verdad no significa
que sea convincente, ni en la vida, ni en el arte.
TRUMAN CAPOTE

La realidad mejora por escrito.
JUAN VILLORO

Los once de Josean

SUCEDIÓ UN POCO ANTES de regresarme a Venezuela. Estaba por cumplir siete años desde que crucé la *Cromointerferencia* de Cruz-Diez en el aeropuerto de Maiquetía, cuando ocurrió el evento que le puso fin a mi particular sueño americano. Todo ocurrió una fría mañana de noviembre. En ocasiones recuerdo aquello como una pesadilla. Otras veces como una bendición. Pero si me tienen algo de paciencia, podré entregar más detalles con los que podrán sacar sus propias conclusiones.

Antes del evento que me expulsaría de nuevo a la patria, las cosas me fluían como a cualquier latinoamericano que aterriza en el estado de la Florida con 200 dólares como único patrimonio para iniciar una nueva vida.

Luego de «dormir» 3 meses en el sofá de un maracucho-americano que había conocido en Margarita tiempo atrás, estaba listo para mejores cosas. Por ese tiempo, unos mexicanos con los que trabé amistad en un *flea market* en Boca Ratón me habían invitado a trabajar con ellos en su cuadrilla de demolición. El único detalle fue que el trabajo era en Nueva York. Es muy cómico, pero aquellos mexicanos eran una rara mezcla de Tin Tan, Evo Morales y estafador andaluz. Nunca he conocido gente más astuta en mi vida. No por nada siempre suelen ganarle la partida al desierto, la Border Patrol y a los coyotes. Nueva York no es la misma cuando la enfrentas sin el respaldo de ese superhéroe de reminiscencia saudita llamado Gran Cadivi. Sin su magia, todo te parece caro, oneroso e impagable. Cuando no estás bajo su égida, poco a poco vas haciéndote fanático de los *clearances*, los cupones y los *bargains*. También afinas el ojo en busca de etiquetas con las inscripciones «Cheap», «On Sale» o «Good Deal».

Con los cuates me fue relativamente bien por seis años hasta que los deportaron. Fue un viernes en el que no fui a trabajar por culpa de una resaca cortesía del señor José Cuervo Reposado. Los mexicanos se apiadaron de mi lamentable condición y me dieron el día libre. En la tarde me enteré por Rigoberto (uno de la cuadrilla que había ido a comprar pizza cuando llegó la Migra) de que todos estaban en un centro de detención en Hoboken. Ahí fue cuando me entró la paranoia, recogí todas mis cosas y compré un billete de vuelta a Florida.

Con el dinero que había ganado en Nueva York pude alquilarme un «monoambiente» en Pompano Beach. Pompano es una zona industrial muy parecida a La Yaguara, solo que con más grama y bares de *strippers*. Fue precisamente en uno de esos bares donde conocí a Josean.

Josean Dos Santos era brasileño, de Sao Paulo. Era pequeñajo y malencarado. Aunque esto último fue una falsa percepción de mi parte. El hombre resultó ser muy simpático. Hablaba español con acento bogotano (había vivido en Colombia unos años) y tenía maneras de hombre de mundo y educado.

Josean era el jefe de mantenimiento del Pompano Park, un hipódromo muy parecido a La Rinconada, en el que los jinetes no van sobre el animal sino en una suerte de carretilla sujeta con un arnés al lomo del caballo. Tenía cinco años trabajando allí y en algún momento de la noche me ofreció trabajar en el hipódromo con él.

A los tres días lo llamé aceptándole la oferta. Me citó para el día siguiente a las 6 de la mañana. Yo vivía a unos 45 minutos en bicicleta, único medio de transporte que llegué a tener mientras viví en USA, así que tuve que madrugar para llegar a la hora. Josean me recibió como un maestro de escuela en mi primer día de colegio. Usaba bermudas y una chemise azul con el logo del hipódromo. Me indicó dónde guardar la bicicleta y me condujo del brazo por pasillos y pasajes subterráneos parecidos a los que atraviesa Maxwell Smart, el «Superagente 86», en la intro de la serie de los 60.

Al lado de su oficina estaba la sala de aparejos donde se guardaban todos los enseres para el trabajo de limpieza del coso hípico. Allí, el brasileño recogió y reunió en una carrucha que albergaba un tobo gigante todo lo necesario para desinfectar un hospital contaminado de ébola. Cloros, desinfectantes, bactericidas, esponjas, cepillos, plumeros, guantes, trapos y un sinfín de adminículos antisépticos atiborraban la carrucha.

–Aquí el tiempo es oro –me dijo Josean mientras entrábamos a la sala de póker del hipódromo y me señalaba las infinitas papeleras por vaciar y las mesas con restos de cotufas, *hot dogs* y *pretzels* que minaban las mesas, la alfombra y hasta los baños.

Cuando Josean terminó el área de la sala de póker, yo pensé que se merecía unas vacaciones en Cancún por el trabajo hecho. Fue una media hora que merecía ser grabada y mostrada a cualquier persona que quisiera dedicarse al ramo del «housekeeping». Una obra de arte. Aquel tipo recogió todo aquel desastre en menos de 20 minutos. Algo que yo nunca logré hacer, y no por las razones que ustedes creen.

El segundo piso del hipódromo, al que se accedía por una escalera mecánica, era otra cosa. Era como si llegaras a un set donde se filmara una película de finales de los 50 o principios de los 60. En el que Sinatra, Dean Martin y Sammy Davis Jr. te estuvieran esperando con un whisky en la mano.

Fue en ese piso, en definitiva, donde todo sucedió.

El segundo piso del Pompano Park era largo y muy iluminado gracias a los ventanales que separaban las graderías del pasillo de las taquillas. También poseía un bello piso de linóleo con motivos que, a ratos, recordaban la estética de Mondrian pero que cuando te fijabas bien resultaba ser un estándar de diseño de los años sesenta.

Entramos directo a la parte interna del área de taquillas. Vistas por dentro, cada ventanilla contaba con un amplio espacio para que el taquillero realizara su trabajo sin problemas de hacinamiento. Aparte de la máquina expendedora de boletos, tenía cajones de fórmica para el dinero, papelera, teléfono, repisas y una caja de seguridad de gran tamaño en la parte posterior donde guardaban los valores luego del cierre de caja al final de la jornada.

Josean utilizó tres de esos cubículos para enseñarme la metodología de limpieza de la estación. Era un trabajo mecánico, más de plumero y vaciado de papeleras que de otra cosa. Luego, mi guía me llevó al área de los baños donde, afortunadamente, no tendría que realizar ninguna labor. De un minidepósito sacó una motoneta de cuatro ruedas con un par de cepillos en la parte delantera y una especie de súper coleto en la parte posterior que hacía movimientos de escualo en apremios de cacería.

El vehículo, recuerdo, tenía aspecto macizo e intimidante. El brasileño se refería a él como su «garotinha». Salió del baño manejándolo y sonriendo como si se lo acabara de ganar en *Sábado Gigante*.

—Termina las taquillas como te enseñé. Después te explico esto —dijo señalando los cepillos de la pulidora con los labios fruncidos. Acto seguido la aceleró en el manubrio como si fuese a batir un récord de salto de carros y se perdió por una de las esquinas de aquella inmensidad.

Mientras vaciaba papeleras y pasaba el plumero, escuchaba el insistente rumor del motor del juguete de Josean. Era un sonido como de sierra eléctrica, pero también me recordaba mucho el que emitía una motoneta de un heladero de la EFE que pasaba todas las tardes por el San Bernardino de mi infancia. Aquel sonido me hipnotizó. Por un instante creí ver en los cajones, repisas y papeleras envases de Bati Bati, barquillas de Súper Tornado, envoltorios de Crema Real, Pastelados, Choco Maltas, Manzanitas, Morochitos, Tinitas y Platillitos. Era una cascada de recuerdos gustativos, como si tuviera en el paladar (todos a la vez) los emboques del mantecado, las avellanas, el chocolate, el Bolibomba, la vainilla, el maní, la galleta, los jarabes, la crema y el caramelo.

En ese trance fue que vi la cartuchera plástica encima de una repisa. Parecía fuera de lugar, como si alguien la hubiera dejado abandonada para ocuparse de algo más importante. La tomé para buscarle un puesto más acorde, tal vez al lado de una engrapadora, unas carpetas o unos lapiceros.

Lo primero que me llamó la atención fue su peso. Era evidente que su interior no albergaba creyones, borras ni sacapuntas, sino algo compacto y decididamente más voluminoso. Cuando finalmente la tuve a mi vista entré en pánico. Sentí que aquello me quemaba las manos como si hubiera agarrado un tizón al rojo vivo. Por un instinto de supervivencia la guardé de inmediato en un bolsillo lateral de mis bermudas y me senté en una silla a recuperar el aliento.

Como pude terminé la faena en las taquillas y me fui directo a un baño en el primer piso, lejos de la vista de Josean. Entré en uno de los reservados y me dispuse a encarar el asunto. La cartuchera era de plástico transparente con cierre lateral, lo que permitía una vista clara de su interior. El fajo de billetes no tenía liguita ni tampoco el fajín de papel con el monto inscrito. Corrí el cierre y saqué la paca con reverencia, como si estuviera desenterrando los restos de un tesoro maya.

Contando los billetes fue que caí en cuenta de que había sacado la cartuchera del área de las taquillas sin fijarme si una cámara vigilaba mi felonía. El pensamiento me produjo taquicardia y los billetes comenzaron a empaparse con el sudor de mis manos. Me sentía como si hubiera asesinado a una viejecilla para robarla, un Raskólnikov en shores.

Cuando terminé de contar el botín, me alarmé más: nunca antes había estado tan cerca de ser el propietario de 11 000 dólares en efectivo, libres de impuesto. Hoy en día estoy seguro de que jamás lo seré.

Cuando subí de nuevo al segundo piso ya había tomado una decisión. Fui directo a las taquillas, evitando que Josean me viera y puse de nuevo la cartuchera en el sitio exacto de donde la tomé. Revisé bien el área y por ningún lado vi cámara alguna. Una cosa insólita para el mundo vigilado en que vivimos.

Antes de salir a buscar a Josean para reportarle la novedad, le eché un último vistazo al paquete. Ya no veía los empaques de los sabores con que la EFE tanto me deleitó de niño. En su lugar, veía fotogramas de las cosas que podía obtener solo con poner de nuevo la cartuchera en el bolsillo de mis bermudas.

–Josean, tenemos una eventualidad en las taquillas –quise darle un tono neutro y profesional a mi cobardía. Josean, montado en la pulidora, parecía un niñito terco que no se quiere bajar del carrito chocón.

Al principio, al hombre le costó entender que un taquillero idiota había dejado sin guardar tal cantidad de dinero. Pero después se recompuso y me habló de activar un protocolo de seguridad para esos casos. «No es la primera vez que pasa, ¿sabes?», me dijo. «Tengo que hacer un informe, tomar fotos y llamar a la seguridad del hipódromo. Lo mejor es que te vayas para la oficina y me esperes allí», dijo como si estuviéramos en un capítulo de *CSI Pompano*.

A los diez minutos Josean entró, rebuscó en una de las gavetas y sacó una camarita digital plateada. Sin decirme nada se marchó de nuevo. Quince minutos después regresó y me comentó, con cara acontecida, que el protocolo ya estaba activado pero que como el asunto era delicado debía irme. «Yo te vuelvo a llamar cuando esto se calme. Pero no todo es malo: te ganaste 300 por el día. ¡Ni un dentista!», me dijo cuando ya me conducía por un pasadizo que, mágicamente, desembocó en el sitio donde tenía aparcada la bicicleta.

A las tres semanas ya era evidente que Josean no me llamaría. De repente no le gustó el trabajo que hice en las taquillas y por decencia me pagó aquella cantidad por un día de trabajo. Nunca tuve la tentación de llamarlo y aclarar el asunto.

Para ese tiempo había conseguido trabajo en un *car wash* que unos árabes compraron, pero donde el personal era casi todo venezolano. Algún día contaré esa historia.

Una tarde, de regreso a casa en mi bici, escuché un estruendo a mis espaldas. Parecía como si dos dragones enojados estuvieran persiguiéndome. Volteé con espanto.

Josean no hacía escala con la Chopper en la que iba montado. Estaba vestido con las mismas ropas de un mes atrás, salvo un casco retro de los años 70 que le confería un aire de pandillero *cool*. Creo que ni me reconoció. Supongo que estaría distraído pensando en qué hacer con el resto de los 11 mil de la taquilla.

Al verlo alejarse por la 441, supe que con él también se marchaba parte de un destino del que decidí no formar parte. Al día siguiente recogí todo y llamé a un taxi. Camino al aeropuerto me dio por pensar en qué hubiese cambiado mi vida de haber tomado otra decisión.

Meses después, ya en Caracas y mientras probaba un horrendo Bati Bati, entendí que me había equivocado.

Millones

TENGO UN TÍO que dice que cuando se gane el Kino, una parte la va a destinar al trago, las mujeres y el juego. La otra parte, afirma, sencillamente la derrochará.

Creo que detrás del chiste del tío se escuda todo un pensamiento económico que bien vale la pena analizar. Muchas personas, a la pregunta de ¿qué harías si de pronto te haces con una fortuna que en tu vida soñaste tener?, optan por decir que se comprarían una casa, adquirirían automóviles o lanchas. Los más conservadores piensan en terrenos o sueñan con fundar una compañía o emprender un negocio que los haga más ricos. Pues bien, esas personas no lo saben, pero desde ese mismo instante están perdiendo dinero y ganando problemas.

Lo anterior puede sonar irracional, pero ciertamente no lo es. Un economista en estos días me demostró con cifras, fórmulas y razonamientos técnicos que la mejor inversión es la que puedes hacer en ti mismo. Adquirir bienes e inmuebles produce una sensación de seguridad y bienestar tan efímera que apenas dura hasta que te llegan las primeras facturas de los gastos operativos de toda la «inversión» que hiciste.

Esa lancha que usted con tanta ilusión compró y con la que pensaba visitar cayos y ensenadas en compañía de dos rubias, no sale a navegar desde hace mucho y languidece en una marina pagando una pensión de hotel 5 estrellas. ¿La razón? Desde que se le ocurrió «emprender» lo del restaurancito en Los Palos Grandes, usted no ha tenido vida ni fines de semana. Problemas con el alquiler del local, con los empleados, con la alcaldía y con el abogado encargado de resolverle esos problemas lo mantienen atado al escritorio de su oficina, mientras observa la foto de su lancha la única vez que la sacó de la marina dos Semanas Santas atrás.

Desde que te robaron la tercera camioneta decides no llamar más la atención de los delincuentes y optas por los sedanes discretos. Pero hay una ramificación del hampa que también es amante de la discreción y ya te han robado dos carros compactos en menos de seis meses. Las compañías de seguros te ven como un apestado y te exigen primas desalentadoras por las nuevas pólizas que pretendes contratar.

El tema de los terrenos fue una de tus primeras decepciones. Cuando estaban a punto de hacer los primeros movimientos de tierra en el terrenito de La Yaguara, donde tenías proyectado montar la franquicia de Burger King, una noche llegó un autobús lleno de familias «armadas de amor» y colonizó tu inversión con una bandera y unos carteles con consignas mal escritas.

Toda esa cadena siniestra de acontecimientos se pudo haber evitado si usted hubiera hecho con el dinero lo que se hace cuando se tiene de sobra: disfrutarlo.

¿Ha pensado en todo lo que podría disfrutar a lo largo de un año alrededor del mundo utilizando apenas una parte de ese dinero? Se sorprendería saber que no hace falta demasiado dinero para gozar la vida como es debido. A fin de cuentas, lo que usted haya visitado, comido y bebido es lo único que se llevará a la tumba.

Imagine que su año comienza con el Grand Slam en Australia y seguidamente, sin salir del país, asista al Gran Premio de la Fórmula 1. Sin alejarse mucho de Oceanía, puede pasar una temporada en el archipiélago de Mamanuca, Islas Fiyi, pensando en el próximo destino que tendrá su dinero. Luego de una desintoxicante dieta de pescado fresco y langosta, estaremos listos para el siguiente movimiento: Londres.

En la capital inglesa se puede poner al día con los estrenos musicales que no le dio chance de ver en Broadway, beber cerveza artesanal en los *pubs* y comprar bagatelas en los almacenes Harrods. También es una buena oportunidad para admirar la celebérrima Henley Regatta o asistir a la elegante carrera de caballos de Royal Ascot.

Aprovechando la ubicación geográfica, puede dar un saltito hasta Berlín, donde por junio se celebrará la Final de la Champions League. De Alemania puede acercarse hasta Francia y extasiarse con la gran serpentina multicolor del Tour de France. Casi al lado, y por esa fecha, también son los Sanfermines en Pamplona. Ahí puede jugar a ser un personaje de Hemingway, correteándole a un toro de 500 kilos en avanzado y temerario estado de ebriedad.

Hablando de toros, en Madrid se puede ir a la Plaza de Toros de Las Ventas para disfrutar una tarde de fiesta brava e incorrección política. O asistir al Santiago Bernabéu y presenciar el clásico Real Madrid-Barcelona.

Ya un poco hartos del salvajismo europeo, es hora de volver a la base de operaciones en Nueva York. Todo ser sensato con dinero en exceso debe tener su base de operaciones allí. Estamos en octubre y, para efectos de esta crónica, los Yankees de Nueva York están jugando la Serie Mundial en el Yankee Stadium.

Lo que no puedas hacer en la Gran Manzana, difícilmente puedas hacerlo en otra parte. Pero *Winter is Coming* y la isla puede ser ruda en esa temporada. ¿Qué hacer? Pues cambiarla por otra isla. Y es cuando te acuerdas de que a principios de año hiciste reservaciones en el Goldeneye, el hotel-posada que una vez fuera la casa de veraneo en Jamaica de Ian Fleming, el inconmensurable creador de James Bond. Jamaica puede ser un buen sitio para reflexionar sobre lo que hiciste o dejaste de hacer.

–¿Y qué haces con la parte del dinero que te sobre de ese año?

–Derróchala.

Operación desnudo

ESCENA: Restaurante Miramelindo, planta baja del Centro Comercial Tamanaco. Son las cinco de la tarde de un miércoles de quincena. El restaurante tiene una exquisita decoración afrancesada, como el menú, los tragos y los precios. Una penumbra vaga arropa a todos los comensales que nos encontramos en el área del comedor mientras Édith Piaf nos arrulla con su trino. Un dato importante: estamos en 1985.

El sitio me lo había recomendado una de las secretarias que trabajaba en el bufete de mi tío, en donde yo me desempeñaba como *office boy*. «No es tan caro, pero no vayan a pedir coctelitos. Te vas a arruinar», me había prevenido Thais mientras me entregaba unos depósitos bancarios.

Pero mi acompañante no había escuchado los sabios tips de Thais y en menos de dos horas ya se había despachado un Trufa Chambord, dos Black Rose y un Side Car (que no le gustó y dejó por la mitad). Cuando ordenó un Alexander, consideré justo pedir mi segunda Polarcita, que de seguro me la cobrarían como si estuviéramos en Montmartre.

El menú, bellamente diseñado e impreso para contrarrestar el *horror opticus* que ocasionaban los precios en la columna de la derecha, ofrecía condumios y especialidades que jamás he vuelto a ver en un restaurante caraqueño. Y fue de uno de esos manjares que se antojó mi bella acompañante para coronar la velada. Lo único que recuerdo del plato era que su tamaño no le hacía ninguna justicia a la cifra que pedían por él. En todo caso, y llegados a este punto, yo ya había perdido toda ilusión de *coronar* mi velada en un motelillo de El Rosal. Con suerte alcanzaría para pagarle el taxi a la chica hasta su casa.

Estaba pensando en la excusa que le daría a Thais para que me extendiera un «vale» para sobrevivir hasta la próxima quincena cuando algo sucedió. Un tipo vestido de mesonero, pero no con el uniforme de los mesoneros del Miramelindo, cerró la puerta del local con una tranca y corrió las cortinas de las cuatro ventanas que tenía el sitio. Miré el reloj y me pareció demasiado temprano para la hora del cierre. Creo que el único que advirtió todo el movimiento fui yo, que me encontraba en estado de alerta y haciendo cálculos estratégicos para los próximos quince días.

«Todo el mundo pal piso», gritó un tipo vestido con un overol azul con el logo de la Cantv en la espalda. Tenía una escopeta recortada apoyada en el hombro y caminaba por entre las mesas dando instrucciones como si fuera un instructor de campamento. El rostro lo tenía cubierto con una de esas medias panty de mujer que le otorgaban a su cara facciones malévolamente mongoloides.

Los otros dos secuaces eran el falso mesonero, que en ese momento se encargaba de desplumar la caja registradora, y otro sujeto que no alcancé a detallar bien, pero que vi enfluxado y vigilando la puerta. Para ese momento, en el restaurante no habría más de treinta personas, contando a los mesoneros y al personal de cocina, a los que ya tenían formados en el comedor como si les fuesen a pasar revista para una gala.

«¡Operación desnudo!», gritó el tipo de la media en la cabeza.

Para ese momento, el falso mesonero ya había limpiado la caja registradora, el pote donde los mesoneros guardan la propina comunal que se reparten a fin de mes y procedía a llenar una bolsa de lona con todos los objetos de valor de los clientes y el personal.

«¡Operación desnudo, carajo!», volvió a gritar el hombre blandiendo el arma. A mí aquello de «Operación desnudo» me sonaba a las películas censura C que pasaban en el Cine Penthouse de Los Ruices. Bueno, en realidad no estaba muy alejado del concepto: de pronto todo el mundo se comenzó a desnudar.

Desnudarse ante desconocidos puede llegar a ser una experiencia bochornosa, confusa y reveladora. Por ejemplo, pude advertir la cantidad de celulitis que mi acompañante era capaz de embutir en sus Didijin *stretch*. En aquella época, las operaciones de lolas estaban circunscritas al feudo de la farándula, por lo que aquella noche pude ver un catálogo bastante amplio de lo que la gravedad puede hacerle al cuerpo humano. Todo esto sin mencionar el inventario de interiores rotos, sostenes con lamparones de cloro en las copas, medias con huecos, malos olores y un sinfín de indignidades más que tuve que soportar cuando nos encerraron en los baños.

«Vamos a dejar una granada en la puerta. Esperen a que llegue la policía», mintió uno de los maleantes al otro lado de la puerta. A los cinco minutos uno de los mesoneros logró abrir una de las puertas del baño y nos liberó a todos. Los atracadores se habían llevado nuestra ropa envuelta en unos manteles y cortaron el cable del teléfono.

Mientras esperábamos a que la policía llegara, fui a buscarle un mantel a mi acompañante para que se cubriera. Cerca de la caja, estaba una bandejita de acero donde les suelen llevar las cuentas a los clientes. Por el nombre de los cocteles y el precio del plato, pude reconocer que aquella cuenta pertenecía a mi mesa. Ni pidiéndole mis prestaciones a Thais hubiese podido honrar aquello. «Operación desnudo». ¡Ja!

Un día de playa

ESCENA: Mi amiga Emilú va en su Monza Hatch por la Avenida Principal de Las Mercedes. El carro es de segunda mano, pero pintura y motor están en tan buen estado que parece recién salido de agencia. Emilú tiene ocho meses de graduada de periodista y el futuro le brilla con tanta intensidad que la encandila. Faltan dos meses para su boda en el Club Portugués. El novio es un tipo solvente que tiene un restaurante de carnes en El Hatillo. Ella no lo ama, pero ese detalle perderá importancia al final del día. Son las diez de la mañana y es viernes.

En aquella época, la Principal de Las Mercedes no estaba tan torturada como ahora; las excavaciones del Metro, el Tolón Fashion Mall y la Plaza Alfredo Sadel aún no afeaban la zona. Cuando Emilú cruzó la gran esquina del Paseo Las Mercedes que divide la Principal con la autopista fue que lo vio. Estaba sentado en el mismo muro donde ha estado siempre. El sol de media mañana les otorgaba a sus harapos una tonalidad perlada y sucia que, años después, Instagram tendría a bien bautizar como «slumber».

Esa mañana ella tenía una pauta urgentísima en Prados del Este, en la casa de un ministro. Emilú cubría «espectáculos», pero el responsable de la fuente política estaba de vacaciones en República Dominicana y al jefe de redacción no le quedó más remedio que enviarla a cubrir ese «rayo». Sin embargo, el periodista de la fuente había tenido la caridad de mandar un fax con un cuestionario para que Emilú no naufragara. Y fue con aquella hojita dentro de la cartera que la novata periodista se dirigió a enfrentar a aquel ministro zafio y guabinoso.

Pero más que la entrevista, a mi amiga lo que la abrumaba era encontrar la manera de zafarse del compromiso con el Gordo Oliveira, que ya a esas alturas había hecho polvo una pequeña fortuna en el Gran Salón del club, manteles, centros de mesa, pasapalos, torta, whisky y hasta en una orquesta de merengue.

—¡José Gregorio! —le gritó por fin Emilú al indigente sentado en una de las entradas del Paseo Las Mercedes. Emi sabía cómo se llamaba el mendigo gracias a un reportaje que había leído en *Feriado* hacía un mes. La pieza era uno de esos intentos de «nuevo periodismo» tardío que solía ensayar *El Nacional* en sus dominicales y que a veces le quedaban bien.

—Señor José Gregorio, ¿será que tiene un tiempito? Venga, súbase —lo conminó Emilú en medio de un cambio de luz de semáforo y agitándole un billete de 500 por la ventanilla del copiloto.

«El carro apestó en lo que entró», me contaría mi amiga años después. «Fue un impulso. No tengo ni idea de por qué hice aquello. Ese pobre señor olía a vinagre rancio, a cloche quemado, a perro chiquito, a mondongo crudo. A incienso. Era como tener Sabana Grande metida en el carro con todo y buhoneros».

El reportaje de *Feriado* sobre el indigente estaba firmado por una tal E. Soares y se explayaba en la rutina diaria del menesteroso. Hablaba de su ruta citadina, sus protectores, la historia previa a su «caída». En fin, uno de esos textos que a los periodistas jóvenes y deseosos de ser escritores les encanta perpetrar.

Al pordiosero, que guardaba un cercano parecido con el pintor Reverón, le habían hecho en el dominical un retrato amable, casi glorificado de su maltrecha vida. Según el perfil de la periodista, el hombre hablaba francés y alemán fluido. Conocía mucho de música clásica, especialmente la del período barroco. Recitaba cosas de Whitman y Rilke como si las estuviera leyendo desde un atril. Al parecer solo le había faltado la tesis para recibirse como licenciado en Filosofía en la Universidad Mayor de San Marcos, en Lima. Esa era la parte buena. La trágica se parecía más a un bolero latinoamericano que a otra cosa: amores contrariados, traiciones, malas inversiones, alcohol. Luego la ruina, el abandono y, finalmente, la calle.

Pero José Gregorio logró ganarse el cariño de los comerciantes de la zona y hasta de la policía. Lo alimentaban y le daban medicinas cuando enfermaba. Recuerdo haber leído que un vigilante del Paseo Las

Mercedes le permitía dormir en algún lugar secreto dentro del centro comercial. Con el tiempo, se dejó crecer unos *dreadlocks* canosos que le daban un aire harapientamente *cool* que le granjeó simpatías entre los surfistas del edificio La Hacienda, frente al Paseo.

–De lo que nunca me arrepentiré es de haber bajado a Macuto con ese ángel aquella mañana, ¿sabes? –me dijo mi amiga en estos días por chat desde Madrid.

«Llegamos a Macuto un poco antes del mediodía. José Gregorio pasó todo el trayecto con la cabeza apoyada en el vidrio, recibiendo en el rostro el frío del aire acondicionado a todo lo que daba. Era una sensación que, supongo, el pobre tenía años sin sentir. Gracias a aquella cabina gélida, las bacterias se adormecieron y los olores se fueron aplacando poco a poco hasta quedar flotando en el ambiente ese hedor lejano que dejan los camiones de basura al pasar».

–¿Pero de dónde salió eso de llevártelo para la playa?

–La verdad es que no me acuerdo. Yo por esa época no atravesaba por un momento de esplendor que se diga. Entre la maestría en la Simón, la presión del matrimonio con el Gordo Oliveira y otros asuntos que no vienen a cuento se me hace difícil escoger qué fue lo que en definitiva me afectó más. El hecho es que busqué ayuda médica, cosa que resultó no ser tan buena idea. Lo digo por los efectos del tratamiento. A veces me daban unos *blackouts* feísimos. Creo que fue en uno de esos que saqué las joyas de la abuela de la caja de seguridad del banco. Lo peor es que las vendí y me lo gasté todo en trapos en una *boutique* del CCCT. Luego no me acordaba de nada.

«De lo que sí me acuerdo bien es de ese día en Macuto. El señor José Gregorio después del último túnel me pidió que le bajara el vidrio de su lado. Estaba concentrado en la franja azul-naranja del horizonte que apenas se ve cuando uno sale de ese último túnel y quería, supongo, complementar aquella visión con otras sensaciones mucho más corporales. Casi llegando a la redoma de Maiquetía, José Gregorio compartió conmigo un anhelo que yo de tonta confundiría con una necesidad:

–Me quiero bañar, mi niña –dijo mostrando una sonrisa de encías.

–Para eso lo traje –mentí.

»Nos paramos en uno de esos descampados, próximos a la playa, donde algunos vendedores ofrecen trajes de baño, cholas, cavas de anime, salvavidas y hasta bronceadores. Me demoré un rato en escoger algo que se adaptara al estilo del señor José Gregorio. Finalmente me decidí por unos bermudas marrones con cierre mágico. Cuando le di el *short*, se le quedó mirando como si le hubiese entregado un objeto venido de otro planeta. Lo agarró y se fue detrás de unos matorrales. Al rato regresó con la prenda puesta. Le quedaba más grande de lo que calculé mentalmente. Traía anudadas al cuello sus ropas harapientas como si se tratara de una toalla. 'Estamos listos', me anunció ceremonioso José Gregorio, y bajó por una calle hacia el malecón. De tanto en tanto daba saltitos para paliar el calor del pavimento.

»Lo alcancé en la Plaza de las Palomas. Estaba sentado en una de las banquetas y miraba al mar como si fuera la primera vez que lo hiciese en su vida. En una licorería compré unas Polar y fui a hacerle compañía. Fue en ese momento que caí en cuenta de que yo era la única que desentonaba con el entorno. Tenía tacones, pantalones de gabardina y una blusa manga larga que, con el calor del mediodía, había adquirido la consistencia de una bolsa de empanadas fritas. Le ofrecí una cerveza al señor José Gregorio, pero me la rechazó con un gesto delicado de mano y siguió mirando hacia la playa.

»A la tercera cerveza comencé a contarle mis rollos. Tú sabes, otro de esos impulsos locos. Luego de un rato de escucharme los cuentos, se levantó con decisión de la banqueta y empezó a caminar en dirección al bulevar. Me causó gracia verlo caminar con sus ropas mugrientas alrededor del cuello, pero luego imaginé en qué estado estaría yo y me provocó lanzarme al mar y nadar hasta una isla desierta. Me costaba mucho seguirle el paso con los tacones puestos, así que me los quité no bien él se detuvo cerca de la zona del Castillete, que aún estaba en pie.

»Pensé que cuando se puso los brazos en jarra y comenzó a mirar hacia todos lados, como buscando algo entre las matas, se iba a poner a disertar sobre la obra del Genio de la Luz o de las tiernas locuras del Duende de Macuto.

–Aquí era donde se ponía Tomasita –dijo finalmente, aliviado.

–¿Tomasita? ¿No sería Juanita? –dije, corrigiéndolo, y me imaginaba llegando al periódico con mi reportaje sobre el Castillete y poniendo luz donde antes había oscuridad en torno a la vida del maestro Reverón. Ya vería el jefe de redacción y su empeño con el ministro.

–No, Tomasita: una negrita culona que vendía arepas de pepitona y de botuto por aquí hace años.

»Dicho esto, se encaminó de nuevo a la playa murmurando cosas que no alcancé a oír. Yo lo seguía de cerca, con las tres cervezas tibias que aún me quedaban aferradas al pecho. Ya en la playa, puso los harapos debajo de un cocotero y se metió en el mar. Yo absurdamente fui al cocotero, no a resguardarme del sol, sino a cuidarle la ropa.

»José Gregorio tenía el mar para él solo. Nadaba de espaldas chapoteando a contrapelo de las olas que lo bamboleaban como una botella lanzada al mar. Luego cambiaba su estilo de nado y alternaba el crol con pecho en movimientos armónicos que solo interrumpía cuando sus largos *dreadlocks* le entorpecían la visión.

»En un arrebato de lucidez, supongo que inducido por la sexta cerveza caliente que recién me había bebido, sentí que aquel hombre estaba en posesión de una sabiduría ancestral, casi chamánica, capaz de responder asertivamente cualquier enigma. Fue entonces que le grité desde la sombra del cocotero:

—José Gregorio, yo no tengo ganas de casarme, ¿usted qué cree?

—No hay manera de saberlo. Vaya a casa de Tomasita y pregúntele. Aunque a esta hora siempre le queda de botuto».

Cuentos de pupú

En una oportunidad el escritor Federico Vegas me hizo la siguiente propuesta: «Chico, ¿y si escribimos un libro sobre la mierda? Si hay libros de recetas de comidas, por qué no hacerlos sobre el pupú, que es su antípoda. Total, eso también es un síntoma de salud», arguyó el autor de *Falke*, una tarde en la terraza de su casa mientras paladeábamos un escocés. Aquella extraña proposición la había olvidado hasta hace pocos días en que unos amigos de un grupo de WhatsApp del que soy miembro la rescataron de manera involuntaria. Uno de ellos, D, si mal no recuerdo, comenzó a relatar algo que él bautizó como «historias de pupú». Cuando comenzó su narración, caí en cuenta de que aquel era el tipo de evento por el que todos alguna vez en la vida hemos pasado. Algo así como enamorarse, sacarse la sangre o ser atracado. D cuenta que aquella mañana desayunó muy temprano («café con leche tetero, una arepa de caraota y queso guayanés». Completaría, además, con medio *croissant* dulce alegando que «la arepa era muy chiquita»). Se fue a pie hasta la parada para ir a dar clases a la Facultad de Humanidades. D es filósofo. El carrito que lo llevaría a la UCV tardaba más de la cuenta, cosa que no hubiera reportado mayor inconveniente a no ser por la visita inesperada de algunos vientos huracanados en el interior de su aparato digestivo. Relata que al principio fue algo parecido a esa brisa marina que pega en la playa después de las 5 de la tarde. Una sensación agradable y liberadora. Eran inocentes y silenciosos vientos alisios que el filósofo controlaba a placer mientras leía algunos apuntes sobre Walter Benjamin que tenía garabateados en una guía. Pero de pronto todo se ensombreció. Una corriente a barlovento cargada de humedades lo alertó de tempestades mayores. Mientras todo esto ocurría, el carrito de la línea de la UCV se acercaba, al fin, a la parada. Cuenta el filósofo que aquel último y centelleante céfiro lo puso en duda sobre continuar o no con su travesía. «Uno tiene que ser valiente en la vida. Apenas entré al carrito, la gente me abrió cancha como si tuviera lepra. Hasta una señora me ofreció su puesto al fondo del carrito. Cuando llegué a la universidad, me encerré en uno de los baños de la facultad y me dispuse a hacer control de daños. El saldo fue un interior perdido y media hora de clases tratando de poner presentables mis bluyines para la clase».

Inmediatamente le tocaría el turno a J, otro miembro del grupo que vive en Sarasota. J es publicista y tiene muchos años viviendo al noroeste de la Florida. Sin embargo, con frecuencia regresa a su querida Venezuela por algún trámite o simple placer. Fue en uno de esos retornos a la patria cuando le ocurrió su «historia de pupú». J, como buen publicista que es, mandó su relato en varios audios de WhatsApp con su voz grave de jefe vikingo. Esta es más o menos la reconstrucción:

Audio 1: «Veníamos de firmar la venta de un apartamento de la familia en Puerto Píritu. La cosa había sido de un día para otro y al siguiente día salimos temprano sin desayunar».

Audio 2: «A mitad de camino le digo a mi cuñado que cuando vea algo sabroso en la carretera que se pare. Me estaba muriendo de hambre, de pana».

Audio 3: «Me quedé dormido no sé cuánto tiempo y cuando desperté mi cuñado se estaba orillando en uno de esos puestos de comida que hay en El Guapo».

Audio 4: «El caso es que nos bajamos el cuña, mi esposa y yo y nos sentamos en un puesto grandísimo que olía a café y a arepa al carbón. De verdad que tenía hambre y exageré un pelo cuando vino la señora a tomar el pedido».

Audio 5: «Virgi y Juan Carlos pidieron, cada uno, una de queso amarillo y agüita mineral. ¿Adivina que pidió el troglodita este? Me lancé mi barranco de cachapa de cochino frito con dos tapas de queso de mano bien gordas. No le puse mayonesa de vaina. Estaba hambreado, man».

Audio 6: «Cuando entré de nuevo en la camioneta el aire acondicionado me bajó el suiche. Mi cuñado cuenta que la cola lo agarró saliendo de Guatire y que fue como hora y media sin que nada se moviera. No hay nada peor que te despierte un corrientazo y que este provenga de tu propio cuerpo».

Audio 7: «El retorcijón me vino cuando babeaba bello el vidrio del copiloto. Una vaina horrible. Pensé que tenía un murciélago revoloteándome en las tripas». Audio 8: «Chamo, párate aquí». Mi cuñado cuenta que estaba más blanco que Gasparín, el fantasmita amigable».

Audio 9: «El cuñado se paró en una explanada desértica entre Guatire y Guarenas, en donde lo que faltaba era que me encontrara con el rodaje de *Mad Max 7*».

Audio 10: «Ni sé cómo llegué a una casita que estaba a pocos metros de donde nos estacionamos, supongo que fue por culpa de mis ojos llorosos».

Audio 11: «El señor de la casita pensó que era bombero cuando le dije que tenía una 'emergencia'. Eso me salvó».

Audio 12: «El baño de la casucha hacía esfuerzos por albergarme. Creo que hice un pequeño desastre en la primera eyección».

Audio 13: «En realidad todo fue un desastre».

Audio 14: «Manché unos Nike de 200 dólares que había comprado en el lanzamiento de un modelo de la marca. Bueno, la franela del lanzamiento también había llevado lo suyo».

Audio 15: «Me devolví a la camioneta y saqué una grosera cantidad de efectivo y se la entregué al dueño de la casita. Su cara de 'emergencia' jamás la olvidaré».

Audio 16: «Mi mujer siempre me amenaza con revelar esta anécdota si me porto mal. Creo que, desde ahora, va a tener que buscarse otra».

¡Tiburón!

MUCHOS AÑOS DESPUÉS, frente a la bahía monótona del club Marina Grande, recordé aquella tarde remota en que mi padre me llevó a ver *Tiburón*.

En el año 75, San Bernardino era una tranquila urbanización caraqueña poblada por la comunidad judía y por algunos *hippies* malolientes que le daban algo de color a la zona. Vivíamos en las Residencias Parque Terepaima, una de las pocas edificaciones que aún conservaba intacto todo el esplendor arquitectónico por el que alguna vez mereció el Premio Nacional de Arquitectura en los años sesenta. No por nada aquel diseño había recibido semejante distinción: su urbanismo interno, acabados en áreas comunes, jardines y piscina lo convertían en una verdadera joya de la avenida Manuel Felipe Tovar de San Bernardino.

En aquella piscina habíamos aprendido a nadar todos los niños que habitábamos el conjunto residencial. Pero también los adultos solían hacer unas sonoras rumbas y parrilladas que, por lo general, terminaban con algún invitado lanzado en volandas a la piscina con ropa y zapatos puestos.

La piscina del Terepaima no era muy grande, pero tenía su zona «baja» y su parte «honda»; territorio este último exclusivo de los adolescentes del conjunto. Unos chamos que, ahora que me lo pienso detenidamente, parecían sacados del set de *That '70s Show.*

Sumergido en aquella piscina, sería la primera vez que escuché hablar de *Tiburón.*

Mi papá había leído en *¿Meridiano?* un largo reportaje sobre la producción de la película. Supongo que sería una de esas notas de prensa pagadas por los estudios Universal, la cual estaba ilustrada con una galería de espeluznantes fotografías con los momentos más *shocking* del filme.

—Los voy a llevar a ver *Tiburón* —nos *amenazó* nuestro amado padre, una tarde en que regresábamos de la piscina y él de su trabajo con el *Meridiano* enrollado bajo el brazo.

La piscina, por otra parte, era el *point* para compartir experiencias, confidencias y chismes; una suerte de Facebook acuático. Las dos escalerillas de aluminio que poseía servían de púlpito para el oficiante de turno. Con los pies sumergidos en aquel azul «clorificado», nos enterábamos de las últimas novedades de nuestra floreciente cultura pop. Así como también nos llegaban noticias de los *blockbusters* cinematográficos de la época: *La aventura del Poseidón, Terremoto, Infierno en la torre, Aeropuerto* y, el más reciente, *Tiburón,* cuyo relato me espantó fuera del agua como si acabara de ver una aleta en la «parte honda» de la piscina.

Y finalmente llegó el domingo fatídico que cambiaría para siempre mi relación con el mar.

Hasta hace poco no lograba recordar por qué mi mamá no nos acompañó a aquella función de matiné en el Teatro Los Cedros. En días recientes llamé a mi hermana en Florida para que me despejara la duda:

—El sábado mi papá se echó unos palitos y llegó tarde a la casa. Mi mamá estaba bravísima y no nos quiso acompañar. Mi papá llamó a un taxi y nos llevó al cine para ver si se ganaba unos puntos.

Cuando llegamos al Teatro Los Cedros, la cola casi salía del cine. En la fila hasta nos conseguimos a algunos vecinos del conjunto, quienes tenían rato sudando bajo el sol de mediodía. Mientras mi papá hacía la cola, mi hermana y yo corrimos a refugiarnos en el *lobby* del teatro. El olor a cotufa apenas entramos nos recordó que habíamos salido de la casa sin desayunar. Pero mi papá había prometido llevarnos al Cubanito después de la función y la sola evocación de aquellos sándwiches de ese local calmó, más que el hambre, la ansiedad de enfrentarnos a *Tiburón*.

Antes de entrar a la sala, me le quedé mirando fijamente al cartel de la película. Le detallé las piernas a la rubia que nadaba despreocupada en el tope del póster. También le conté los dientes al gran tiburón blanco que la acechaba en una posición inverosímil para un ataque escualo: tenía 59 dientes perfectamente afilados, por lo menos en el afiche. Muchos años después fue que me enteré del significado de la palabra enigmática que encabezaba el cartel: *JAWS*.

Mi hermana y yo salimos de la sala casi temblando. Mi papa paró un taxi en la Libertador y, efectivamente, volvió a cumplir su promesa: fuimos al Cubanito. En estos días regresé al local y pude constatar su resistencia épica al paso del tiempo: los mesoneros eran los mismos, aunque los sándwiches cubanos ya no estaban equipados de pepinillos y otros lujos sauditas de la Venezuela petrolera de los 70.

De vuelta al Terepaima, a mi viejo se le antojó un chapuzón en la piscina. Eran como las seis y media de la tarde y no había nadie que amenazara su deseo. Subimos a ponernos los trajes de baño y cuando bajamos ya había oscurecido. La piscina estaba sumida en una extraña penumbra como en la primera escena de la película, esa donde el tiburón se cena a la rubia.

«¡Tiburón!», gritó mi hermana resguardada en el último tramo de una de las escalerillas mientras yo chapoteaba de lo más despreocupado. En eso sentí un jalón en una pierna. Solo faltaba que sonara el aterrorizante «tantantantantán» de John Williams. De pronto algo se liberó de mi cuerpo y tiñó todo a mi alrededor. Mi papa emergió de entre aquellas aguas turbias. Por el fétido olor que traía impregnado, supe que no había perdido una pierna.

Cinema Pajadizo

Cuando no había internet todo era más triste. Tal vez esté confundiendo triste con difícil, pero es que a mí ambas cosas siempre me han parecido lo mismo. En aquella época de oscurantismo digital, la realidad era insoportablemente llevadera. Entre otras cosas, recuerdo que mi hermana mayor sufría una rara adicción: pasaba horas con el auricular del teléfono de la casa pegado a la oreja. En esos menesteres la vi reírse a carcajadas, poner cara de asombro, llorar inconsolable, gritar al borde la histeria. Mi mamá siempre la amenazaba con ponerle un candado al dial del teléfono. Un día lo hizo, pero el paliativo duró hasta que mi hermana descubrió cómo realizar las llamadas sin discar el dial. Era un método que tenía un poco de telegrafista y mucho de viveza criolla.

Pero no solo era en el tema de la comunicación telefónica donde la teníamos difícil. Lo que hoy nos puede parecer normal, en el pasado reciente preinternet cada acto cotidiano constituía una pequeña épica que había que llevar a cabo en el mundo real. Para leer noticias tenías que ir al kiosco a comprar el periódico; si querías enterarte de qué hicieron tus amigos en Semana Santa, había que esperar a que te invitaran a una reunión en sus casas o hacerles una «visita» para poder fisgonear los álbumes con el registro fotográfico del asueto. Actividades como ir a una discotienda, comprar en un centro comercial y una interminable lista de cosas más, hoy se pueden resolver con tan solo un clic. No todo tiempo pasado fue mejor, sobre todo si no tenías Wi-Fi.

Con el tema del cine tengo sentimientos encontrados. La tecnología, un buen día de 1981, nos llevó el cine a nuestras casas en formato Betamax. Pero no era lo mismo. La incipiente industria del video casero daba sus primeros pasos y la oferta de películas se componía básicamente de productos burdamente pirateados y de pobrísima calidad.

De nuevo había que salir al terreno de lo real para satisfacer ciertas necesidades. Esa época en la que aún no existía el porno gratis *online* hubo de coincidir con mi adolescente y volcánico despertar sexual. Enfrentarme a aquel hecho es lo que el escritor Ibsen Martínez llamó certeramente «la miseria sexual del venezolano».

Sin embargo, los cines de la Caracas de finales de los 70 y principios de los 80 pasaban por una suerte de «destape». Luego del escándalo y posterior prohibición que sufrió *El último tango en París*, comenzando la década de los setenta, las carteleras capitalinas comenzaron a dar paso a títulos como *Emmanuelle*, con Sylvia Kristel como la heroína erótica de toda una generación de onanistas venezolanos. De Italia nos llegó la primera representante del *soft porno* de la que tengo noticia: Gloria Guida. Aquella rubia despampanante con cara de adolescente pícara era el segundo mejor producto fílmico de Italia, luego de la pareja de acción conformada por Bud Spencer y Terence Hill.

El cine argentino también hizo su pequeño aporte de la mano del «Gordo» Jorge Porcel y un grupo de vedetes argentinas súper explotadísimas, expertas más en el arte de sugerir que de mostrar. Todo ese erotismo *hard* y *soft* se desplegaba por las marquesinas caraqueñas de cines como La Galerie, en el Concresa; Penthouse, en el último piso del Centro Comercial Los Ruices; el Olimpo, en donde hoy está la estación del metro de Chacao. Me cuenta un amigo que en la zona de Maripérez quedaba un autocine erótico llamado Andrés Bello, aledaño a la Hermandad Gallega y a donde la gente acudía «sola a hacer sebo consigo misma». De los cines del Centro no tengo mayores noticias, pero se cuentan cosas bastante *creepy* acaecidas en las butacas de cines como el Rívoli, el Urdaneta o de uno escalofriante que quedaba al lado de la antigua sede de *El Nacional*.

Pero un día llegó el internet y acabó, literalmente, con toda esa paja.

Y así se arruina
un día de los enamorados

1. Tu PRESUPUESTO solo permitía pocas cosas. Por lo que pensaste que el Parque Los Caobos, una botella de La Española y, lo más importante, el amor, obrarían el milagro de San Valentín. Tu novia no estaba muy convencida con la idea que le vendiste del «picnic». Pero ella te quería y aceptó. El espumante se lo tomaron caliente y del pico de la botella. Sin embargo, la bebida haría su efecto. Te emocionaste. Tus manos corrían libremente por entre pliegues, encajes y broches incómodos. La realidad comenzaba a parecerse a tus fantasías. De pronto una mujer policía se acercó: «Muy bonito».

2. Desde diciembre ahorrabas para llevarla a ese restaurante de carnes que tiene unos cuernos gigantes en la entrada. No fuiste a ver el concierto de Guaco. Rechazaste comprar unas hallacas *gourmet* que tu amiga *hipster* de la oficina vendía. Ni siquiera pudiste regalarte los botines Timberland que hoy deben costar tu riñón izquierdo. Pero soñabas con llevarla a ese restaurante y hacerla sentir como una princesa.

Una relación que recién empieza necesitaba enviar la señal del «macho proveedor». Después de la parrilla, las dos botellas de tinto chileno, el postre y el Cointreau llegó la cuenta. Un banquete con el *Sha* de Irán te hubiese salido más barato. Pero tú tomaste la previsión de ahorrar y no te importó hacer la «inversión». Al rato vino el mesero y, algo apenado, te comentó por lo bajo que la tarjeta no pasaba. Le entregas tu última opción que es tu tarjeta de débito. Vas a la caja para cerciorarte de que todo vaya bien. Pero nada sale bien. Llaman al banco. Tus cuentas fueron bloqueadas momentáneamente por un intento de *hackeo*. Te dicen que tienes que ir el lunes a una agencia. «No, por teléfono no le podemos solucionar el problema». Te devuelves a la mesa. Por suerte la chica es, además de solvente, piadosa. Pero hasta allí. «Llévame para mi casa que me siento malita», escuchas mientras tienes la certeza de que esa será la última vez que escucharás su voz.

3. En Venezuela, el Día de San Valentín es algo así como el hermano menor del Día de la Secretaria. Ambos días podrían declararse «El Día de Llevar Peluches y Comer Cosas que Nunca Como». En esas celebraciones la industria del *kitsch* tiene picos solamente comparables a los que se dan en el Día de la Madre. Osos de peluche dentro de globos en forma de corazón, arreglos florales que desafían las leyes de la física y el buen gusto; incluso hasta los menús de los restaurantes desempolvan platillos que se han hecho tradición en esas fechas, como el «cóctel de

camarones» y las raciones de ostras, dos monumentos gastronómicos insoslayables. Empero, hay tradiciones que pueden ser peligrosas, como lo refleja esta anécdota que le escuché a un amigo: «La cola en el motel estaba ridículamente larga para la hora que era: ¡4 y 30 de tarde! ¿Puedes creerlo? Tenía poco tiempo saliendo con la chica y aquella iba a ser la primera oportunidad en que íbamos a compartir íntimamente. Más temprano, me llamó la atención la manera como M devoraba todas las entradas que pedimos. Yo si acaso pude picar algo de la gran fuente donde chapoteaban los camarones en la salsa rosada y las ostras esperaban por el chorro de limón que las tornara ácidas y más gustosas. Mientras hacíamos la fila en el *lobby* del motel, noté que M en un momento dado se concentró en un punto fijo en el infinito, aferró el osito de peluche contra su pecho y cerró los ojos. Yo interpreté la escena como un preludio romántico de lo que viviríamos un poco más tarde. Hasta me provocó tomarle una foto y subirla a Instagram. De pronto me apretó un brazo y me susurró en la oreja: «Tengo ganas de hacer pupú», dijo. Estaba pálida y le sudaban las manos. En sus ojos capté cierto dramatismo que solo he visto en películas del neorrealismo italiano. Salió corriendo. En su huida dejó el osito de peluche en el piso y el rastro vergonzoso que dejan algunos excesos.

Un largo y ardiente carnaval

EXISTE UNA FRANJA GRIS en esa etapa de la vida que va de los 17 a los 23 años. Es ese período en el que ya estás graduado de bachiller y esperas por entrar a la universidad, o irte del país. En todo caso, se trata de esa fase del ciclo vital que cualquiera, guiado por los falsos recuerdos, podría tildar de «los mejores años de su vida».

Pues no lo son y de aquí en adelante trataré de explicar el porqué.

Nadie, a los 18 años, está en posesión de un historial bancario, mucho menos crediticio. Tampoco tiene las llaves que abran un *penthouse* o enciendan una camioneta 4X4. A esa edad, por regla general, sigues viviendo bajo el yugo de tus padres. Comes la comida que ellos compran y, con suerte, te prestan el carro familiar para que vayas a la universidad. Bien mirado, se trata de uno de los períodos más duros de tu vida. Lo demás es nostalgia. ¡Ah, nostalgia!, esa palabra favorita de los publicistas.

Puede que lo único bueno de esa etapa haya sido que tus viejos ya no te obligaran a ir al cumpleaños de la tía Betsaida o que ya no tuvieras que acompañarlos a esas vacaciones ideadas para divertir a «adultos contemporáneos».

Pero esas pequeñas emancipaciones a su vez traen grandes responsabilidades.

Unos carnavales, mis viejos aprovecharon mi incipiente independencia para ahorrarse un buen dinero en un viaje a Curazao que tenían planificado. No solo se economizarían boleto y hospedaje, sino mis impertinencias de postadolescente rebelde.

Recuerdo que se fueron el viernes previo al asueto de carnaval. Era la primera vez que no los acompañaba a ese tipo de viajes y yo estaba más que exultante. Me sentía Tom Cruise en *Risky Business*. Cuatro días con la casa para mí solo era algo con lo que tenía tiempo soñando.

Para completar, mi papá había dejado una cantidad en efectivo «para una emergencia». Nunca un dinero fue mejor utilizado para el fin con que fue destinado.

El viernes y el sábado estuvieron tranquilos. En la era preinternet, eran pocas las cosas que se podían hacer encerrado en una casa. Por suerte, teníamos un buen surtido de películas en Betamax (¿dije Betamax?) y con eso pude apechugar hasta el domingo sin que me volviera loco.

El domingo en la tarde, mientras veía *Flashdance*, me llamó Alonso. Alonso se había graduado conmigo de bachiller, pero me llevaba como tres años de edad y en otras muchas cosas más. Dijo que tenía «cuadradas a un par de locas» para esa noche pero el otro amigo se le había echado para atrás.

Parece que el Rey Momo había asomado la cabeza y estaba dispuesto a enderezarme los carnavales.

Por aquella época aún estaba en pie la legendaria Cervecería Maracaibo; un sitio gigantesco cercano a la Plaza Altamira que tenía la cabeza del indio homónimo como fachada. Se accedía al local por medio de la boca abierta del cacique, que te engullía sobrio y te expelía borracho y oliendo a camarones al ajillo. Fue en un extremo de aquella barra infinita que vi a Alonso y a su «par de locas».

Cuando llegué, ya se habían despachado dos raciones de tortilla española, unos calamares rebosados y una ración de arepitas con nata. De las cervezas no tenía cómo hacer el cálculo porque uno de los *highlights* del local era vender las famosas «lisas», una modalidad de servir cerveza de sifón en vasos, ya extinta en los bares caraqueños desde hace años.

Mayerling y Rosaura fueron las que, en algún momento, le pusieron fin al delirio gastronómico de Alonso. El hombre estaba a punto de pedir un mero a la sal con patacones cuando una de ellas propuso:

—¿Será que nos vamos? —dijo Rosaura sin aclarar el destino de su propuesta.

Antes de que Alonso dijera algo, ofrecí mi casa como sitio-destino. Recordé que mi viejo guardaba una botella de Chivas detrás de las obras completas de Hemingway y que aún me quedaban dos días de soledad en la casa.

No sé en qué momento Alonso y Rosaura se escabulleron a una de las habitaciones de la casa. Al rato regresaron como si no hubiera pasado nada.

Cualquier cosa que haya sucedido en la habitación debió haber estado bien caliente: de la habitación salía un fuerte olor a quemado.

Después de apagar el incendio y evaluar los daños, dimos con el origen del siniestro: un encendedor Zippo, que se le quedó prendido a Rosaura, causó una pequeña explosión dentro de su cartera. Las llamas arruinaron el colchón, las cortinas, una pared y mis carnavales.

Alonso me dio un colchón viejo de su casa y me ayudó en los siguientes dos días a pintar el cuarto. A pesar de las repintadas, no logramos quitarle el olor a chamuscado. Cuando los viejos llegaron el martes, me preguntaron por el olor. En realidad, por los olores: el cuarto olía a quemado, a ambientador de lavanda, a incienso de sándalo y a pintura.

«Huele a brujo», dijo mi mamá cuando entró a la habitación. Le iba a hacer un chiste con el «Miércoles de Ceniza» pero preferí no darle pistas.

Perdidos en la Romería

HABERME CRIADO en los años 70 constituyó todo un ejercicio de templanza ante la sorpresa, credulidad ante lo insólito y valentía ante el peligro. Aquella década había heredado un reto enorme ante su predecesora, los 60, la niña consentida del siglo xx. Los 70, como se sabe, nunca lograron superar aquel desafío. Sin embargo, haberla sobrevivido sí que constituye un logro por sí mismo.

Lo que sigue a continuación pasó un sábado en la tarde de aquella descolorida década. Digo «descolorida» porque en mis recuerdos esta historia se asemeja a una postal que tal vez ha recibido demasiado sol.

Aquella tarde mi mamá nos montó en el asiento delantero de su recién estrenado Dodge Coronet. Que yo recuerde, los cinturones de seguridad siempre fueron un elemento decorativo en todos los carros familiares que tuvimos. Aquel Dodge era un automóvil imponente, con un poderoso motor ocho cilindros que mi mamá hacía rugir en la Cota Mil, mientras mi hermana mayor y yo nos peleábamos como gatos en la inmensidad de aquella tapicería azul cobalto que aún conservaba los plásticos protectores de fábrica.

—Su papá nos está esperando en la Romería —nos anunció mi mamá mientras enfilaba el bólido por la bajada de Maripérez a una velocidad escalofriante y nosotros teníamos medio cuerpo fuera de la ventanilla. Según Wikipedia, una romería es «una fiesta católica que consiste en un viaje o peregrinación que se dirige al santuario o ermita de una Virgen o un santo patrón del lugar, situado normalmente en un paraje campestre o de montaña». Pues bien, la Romería adonde nos dirigíamos casi que cumplía a cabalidad con la definición de Wikipedia. A finales del año 73, Carlos Andrés Pérez finalizaba una tórrida campaña electoral que en diciembre de ese mismo año ganaría con comodidad. «Democracia con energía» y «Ese hombre sí camina» fueron dos de los eslóganes que quedaron para la historia política del país.

A algún asesor del partido Acción Democrática se le ocurrió organizar de vez en vez durante la campaña uno de esos templetes al que le dieron el pomposo nombre de «Romería Blanca», cuyo único fin era rendirle pleitesía al santo patrón de las largas patillas y acento andino.

La Romería era en el Parque Los Caobos y con esto se cumplía lo de «paraje campestre» que exige la enciclopedia virtual. En los alrededores no había dónde estacionar, por lo que mi mamá decidió pararse en los predios del Colegio de Ingenieros.

–Cualquier cosa que pase ya saben que el carro está aquí –dijo mi mamá como si mi hermana y yo fuésemos Hansel y Gretel y el Dodge Coronet una gigantesca miga de pan.

Y la «cosa» pasó.

Mi mamá, que se había encontrado en uno de los tarantines a una antigua vecina, se enfrascó en una interminable y fastidiosa cháchara a la que mi hermana decidió dar fin jalándome por un brazo e internándonos en aquel bosque de franelas blancas.

Creo que era la primera vez que me encontraba en un sitio con tantas personas reunidas y comencé a sentir esa sensación de pánico que a la psiquiatría le ha dado por llamar «agorafobia». Mientras tanto mi hermana, cual libélula, revoloteaba de tarantín en tarantín, probando bocadillos de comida que nos obsequiaban a nuestro paso y fisgoneando en los puestos donde vendían artesanías, curiosidades y recuerdos de El Candidato.

Poco a poco se me fue pasando el miedo y comencé a disfrutar del ambiente festivo que invadía al parque. Pero mientras yo me relajaba, mi hermana comenzó a sentir todo lo contrario. Lo supe porque la mano con que me tenía aferrado le chorreaba de sudor y movía la cabeza para todos lados como si de pronto hubiera perdido el sentido de la orientación. Eso ocurrió más o menos a la altura de la Fuente Venezuela de Maragall y no muy lejos de la tarima principal.

–¿Y si vamos para el carro? –dije proponiéndole una obviedad.

—Es que no recuerdo bien dónde es que está —respondió mi hermana, aterrada, no sé si por la situación en la que estábamos o por lo que le esperaba cuando mi mamá nos consiguiera.

Mi hermana decidió que lo mejor era acercarnos a la tarima a pedir ayuda y así lo hicimos. En el entablado había un bululú de gente alrededor de un señor vestido con saco de cuadritos rojos y amarillos que batía los brazos en forma exagerada. Era El Candidato. Mi hermana me giró unas simples pero certeras instrucciones que cumplí a cabalidad. En un descuido de la gente que cuidaba la escalerilla de acceso a la tarima, logré colarme entre el grupo de dirigentes, sindicalistas y asomados y me aferré a una de las piernas de quien sería dos veces presidente del país. El Candidato, en un gesto canónico de todo político en campaña, me alzó en brazos y me mostró como un trofeo a la multitud. Luego de besarme en el cachete (el hombre olía a Lavanda Yardley y a whisky fino), me mantuvo cargado un rato. Fue ahí donde puse en marcha la segunda parte del plan de mi hermana.

—Señor Carlos Andrés, tenemos rato buscando a mi mamá que está perdida. ¿Usted la puede llamar por el micrófono?

Yo, el viceministro

UN DICIEMBRE (a mí las cosas más extrañas siempre me ocurren en diciembre), un tío con el que trabajé de asistente me mandó al antiguo Ministerio de Fomento a entregarle un sobre a un viceministro. Las oficinas quedaban en el piso 19 de la Torre Oeste de Parque Central. Cuando llegué, eran como las dos de la tarde y la planta baja de la torre estaba desolada. Ni siquiera las ascensoristas estaban en sus banquitos limándose las uñas y viendo su catálogo de Avon.

Cuando finalmente pude llegar al piso, toqué varias veces el timbre del despacho pero apenas me llegaba un rumor represado, amenazante y festivo detrás de aquella puerta. Solo cuando identifiqué algunos compases que me sonaron a Wilfrido Vargas al otro lado fue que tuve el valor de empujar la pesada puerta con el logo del ministerio.

Lo que vino a continuación ya se lo he narrado muchas veces a mis amigos, pero es que la anécdota mejora cada vez que la cuento.

Cuando entré, lo primero que me relumbró fue un botellón de agua potable que contenía un líquido amarillo pollito. Parecía un brebaje radioactivo. Era algo que perfectamente te podías encontrar en una piñata en el Parque del Este o en una rumba loca en Cuyagua. ¿Pero en una fiesta de fin de año de un ministerio?

El asunto prometía en serio.

La gente se servía del botellón como si se estuviera hidratando para un triatlón Ironman en Hawái. El ambiente olía a humo de cigarrillos, a tequeños recién fritos y a guarapita asesina. Una secretaria gordita y tacones blancos se meneaba sabroso con los ojos entornados al ritmo de Wilfrido al tiempo que un flaco con pinta de motorizado y siniestros lentes oscuros la tenía agarrada por la cintura. Parecía más bien que el pana le estuviera arrebatando algo a la gorda. Cuando la secretaria abrió los ojos, su primera visión fue un tipo enfluxado, maletín en mano y cara de sorpresa. Yo.

«¡Viceministro!», gritó la secretaria al tiempo que se acomodaba la heroica minifalda que llevaba puesta.

Cuando la secretaria gritó, yo volteé a mis espaldas buscando al tipo al que le tenía que entregar el sobre.

«¡Viceministro!», volvió a increpar la mujer ahora más cerca de mí. Sus palabras salieron perfumadas de aguardiente: «Nos tiene embarcados, vale», dijo, melosa. No sé por qué, pero de pronto sentí que aquella tarde no la iba a olvidar nunca más.

Al parecer, el fulano viceministro estaba recién nombrado y no lo habían visto ni siquiera por televisión. Cosa muy común para la época. Estuve tentado a aclarar las cosas, pero cuando un mesonero se me acercó con una bandeja en la que una botella de Etiqueta Negra hacía equilibrio con varios vasos con hielo y sodas, supe que lo más conveniente era que los acontecimientos se desarrollaran al capricho del azar.

En las siguientes horas (que fueron muchas, o tal vez no tantas), ya había cuadrado comisiones de fábula con tres directores regionales sectoriales que conocían a alguien en una aduana. Una mecanógrafa 2 me dio a cargar a una hija boquineta y me «pidió» de padrino. Un portero (lo reconocí por su traje de poliéster mal cortado, dos tallas más grande) ya había introducido unos condones gratis en el bolsillo de mi saco con un grosero y obvio comentario relativo a la gorda de tacones blancos.

Todo el asunto me gustó. Creo que demasiado y eso me llenó de terror. La gorda se acercó varias veces a «mi despacho» a traerme papeles. Allí terminé de pasar aquella tarde sentado en un sillón de cuero rojo, firmando carpetas con puntos de cuenta y con el mesonero trayéndome más Etiquetas, tequeños hormonados y unas ciruelas pasas envueltas en tocineta que solo he vuelto a probar en Festejos Mar cada vez que voy a una boda.

¡Viceministro! ¿Será que usted me da la cola hasta la Panamericana?

Tardes Felices

ESCENA 1. *Chamocrópolis,* **Televen. Circa año 1991**

Raúl y Mercy son la pareja sensación del segmento infantil de 4 a 6 de la tarde de la televisión venezolana. Sus canciones, coreografías, algunos elementos del decorado y hasta el propio vestuario de los presentadores hechizaban a los chamos de principios de los noventa. Raúl González, el «Gordo Raúl», derrochaba un carisma particular ante las cámaras que, años después, le serviría para encumbrarse en la televisión mayamera. «El Gordo», por esa época, tenía un tono vocal y una dicción envidiables. Junto a Mercy, dominaron el *rating* en su franja horaria hasta el año 94, cuando Raúl, en un alarde profético, decidió finalmente emigrar al estado de la Florida en busca de un futuro mejor. Pero volvamos a *Chamocrópolis.* En una de sus emisiones, luego de la intro de presentación del programa, donde unos actores de teatro universitario declamaban sus inverosímiles nombres –«Toronto», «Galletón» o «Soldadito»–, Raúl se saltó una de las canciones emblemas del *show*, puede que haya sido «Las papas y los tomates», y pasó directo a uno de los segmentos fuertes del programa, un concurso educativo donde los niños debían dibujar algo y recibían como premio Legos, carros a control remoto o Barbies con su equipamiento completo. Uno de los triunfadores de la tarde fue un negrito flaquito, de gesto displicente y franela de Batman. Recuerdo que Raúl le entregó una caja enorme de Lego y en su característico guiño le extendió la mano. «Choca esos cinco, chamocropolitano». El pequeño Batman jamás soltó la caja que tenía aferrada al pecho. Raúl insistió en su saludo, agudizando aún más la voz y entornando las cejas. Entonces el negrito se alejó del cuadro de cámara a pasos lentos pero con una frase que todavía hoy me resuena: «¡Ayyyy!, este gordo es marico».

Escena 2. La Bomba explotó en *Viva la juventud*. RCTV, año 1976

La televisión venezolana de los años 70 era en blanco y negro, algo que no impedía que el televidente se quedara enganchado durante horas frente al aparato. La ausencia de color, empero, era compensada con algo de creatividad, ingenio y mucha, mucha osadía. Guillermito «Fantástico» González comenzó como actor de planta en RCTV a finales de los 60. Como actor dramático no era muy dotado, no así para la comedia, género que le sirvió de catapulta para el rol donde finalmente haría el dinero: la animación. A mediados del 75, el popular Guillermito debutó con un programa que haría historia en la TV de Venezuela: *Viva la juventud.* Con su arrollador carisma, velocidad mental y afilada lengua, González dejó frases para el acervo lingüístico venezolano. Nunca antes en la televisión pacata de nuestro país un animador se refería a sus semejantes con apelativos como «fieras», «mi compotica» (así les decía a las liceístas gorditas) o el ya clásico «rolo'e vivo». Guillermo era un terremoto ante las cámaras. Y tenía que serlo: alguien que lidie dos horas semanales con adolescentes en modo alguno puede ser un timorato. El caso era que a mediados de los setenta nuestro país vivía una de sus primeras bonanzas petroleras y esa bonanza se veía reflejada en las pantallas de los televisores de los venezolanos. Orquestas de primera línea, grupos vocales de moda, espectáculos de variedades internacionales, cantantes y vedetes se pasearon por el set del «rolo'e vivo» en los años que estuvo al aire el programa. Una tarde, y luego de una ronda de preguntas a los liceístas concursantes, Guillermito hizo el receso musical de mitad de programa. Pero esta vez el animador nos tendría una sorpresa, que en mi caso particular jamás olvidaré.

«Y con ustedes, mis fieras, Iris Chacón, La Bomba de Puerto Riiiico», anunció y detrás de él se descorrió una cortina.

Los tres minutos que vinieron a continuación, creo, sacaron abruptamente de la niñez a buena parte de mi generación, que para ese momento tomaba Toddy caliente y esperaba a que terminara *Viva la Juventud* para ver *El Zorro.* Iris Chacón era una vedete y cantante puertorriqueña. Andaría por sus veintitantos aunque ese día la recuerdo con un excesivo maquillaje que más bien le agregaba años a su rostro. Pero el fuerte de la Chacón definitivamente no era su cara. Su principal capital estaba aquilatado en unas pesadas, rotundas y puyudas nalgas que ese día exhibió sin recato a las 4 y media de la tarde mientras cantaba su hit «Si tu boquita fuera». Apenas aquel portento cárnico salió a la pista dando unos pasitos de samba, el graderío de adolescentes entró en paroxismo. A medida que la puertorriqueña sacudía con más energía las nalgas y estas le bamboleaban en una cadencia acompasada, el arrebato de los liceístas iba en aumento. Si yo en casa comenzaba a sentir emociones inéditas, imaginen ustedes a aquellos hormonales muchachos. En un acto de osadía, la vedete se acercó adonde los alumnos se encontraban atrincherados. Supongo que ella esperaba un comportamiento más maduro por parte de los chicos, al igual que cuando actuaba para el público adulto en salones y cabarets. Bueno, las cosas marcharon bien hasta que La Bomba decidió llevar las cosas a otro nivel. Viéndolo bien, creo que Iris tuvo gran parte de la culpa de lo que pasó después. El gordito del Miguel Antonio Caro, de Catia, estaba tranquilo en su asiento de la primera fila. Ni siquiera mostraba el mismo enardecimiento de sus compañeros de banco. Creo que fue precisamente eso lo que animó a La Bomba a acercársele más de lo prudente y bambolearle los nalgones en la cara. El adolescente resistió todo lo que pudo, me consta, pero algo en aquellos meneos y sacudidas a centímetros de su cara lo enloquecieron.

Poco le importó al alumno que en el estudio estuvieran profesores, padres y representantes presenciando en vivo el educativo *show*. Todo sucedió muy rápido. El director tenía «ponchado» un primer plano del rostro de la vedete cuando esta gritó de pronto un sonoro y alarmante «¡coño!», mirando hacia atrás como si la hubiera atacado un tiburón blanco. Creo que el director de la transmisión andaba distraído: en vez de ir a *negro* ponchó un plano abierto que revelaría uno de los momentos más inolvidables de nuestra televisión: el gordito estaba aferrado a la cintura de La Bomba sexy y le mordisqueaba ambas nalgas con fulgor juvenil al tiempo que Guillermito y un asistente de cámara luchaban por despegarlo de su oscuro objeto del deseo. Supongo que al gordito lo llamaron «rolo'e vivo» hasta que se graduó en el Miguel Antonio Caro.

Sábado Dinamita

DE AQUELLA MAÑANA de 1983 recuerdo muchas cosas, en especial la soledad de la avenida Sucre de Los Dos Caminos a esa hora del día, la manera extravagante en la que estaba vestido pero, sobre todo, el miedo a enfrentarme al «Gigante de los Sábados».

Un mes antes había quedado hechizado con un nuevo segmento que los productores de *Sábado Sensacional* habían puesto en la parrilla del programa. Se trataba de una sección donde solían utilizar el talento local, y no remunerado, para llenar la franja horaria que iba de las 4 a las 6 y 30 de la tarde, hora en que el maratónico sabatino comenzaba a triturarle los huesos a la competencia sin misericordia alguna. A partir de aquella hora, la pista de *Sábado Sensacional* comenzaba a llenarse de estrellas nacionales e internacionales, en un feroz *crescendo* hasta las 9 de la noche, momento clímax en el cual el invitado especial, la vedete o la estrella de Hollywood cerraban el *show* en medio de un torbellino de grandes emociones e instantes felices.

Pero volviendo al segmento en cuestión, este era heredero de otros que habían hecho historia dentro del maratónico. Antes, el «Travoltica Sensacional» había roto récords de audiencia, al igual que el concurso de la doble de *Heidi* (un *animé* japonés que Venevisión puso en antena a mediados de los 70 con éxito arrollador). Famosos fueron, también, la vilipendiada «Cenicienta Sensacional», antecesora local del «¡No te lo pongas!» gringo, o el «Mini Thriller Sensacional». El caso era que para la época, el breakdance venía en meteórico ascenso, oportunidad que el «Gordo» Peña, argentino y productor del sabatino hasta su muerte, no dejó pasar. En un movimiento estratégico, el hábil productor evitó tomar como modelo la escuela *break* neoyorquina (fuerte en pasos gimnásticos en el piso) y en su lugar se decantaría por una variante que la población de las barriadas negras londinenses adaptaron a su entorno. El «Gordo» Peña pronto entendió que la versión inglesa era la que mejor se ajustaba a su producto: era la más televisiva. Aparte de los clásicos movimientos y pasos de «efectos eléctricos», los negros ingleses le habían adicionado rutinas de mimo, guantes blancos, paraguas y el *moonwalker* celebérrima marcha en retroceso que inmortalizaría Michael Jackson poco después.

Lo anterior se concatenaba con un disco compilatorio de éxitos que SonoRodven editó aquel año. Se llamaba *Dynamite* y entre los surcos estaba la canción «I.O.U.», del grupo inglés Freeez, un hit que llegó a escalar al puesto número 2 de la cartelera británica aquel año 83. El video del grupo Freeez mostraba la coreografía en cuestión y fue el que Peña utilizó, convenientemente, como introducción al concurso que él mismo bautizaría en un alarde mercadotécnico como «Baile Dinamita».

Aquel sábado me tocó tomar tres busetas para llegar hasta Venevisión. Lo hice vestido con una interpretación de bajo presupuesto de lo que había logrado recoger en el video de Freeez, así como del *look* de los escasos participantes que hasta la fecha habían participado en el concurso. Logro precisar que el calzado estándar de estos últimos eran los tristemente célebres Thom Sailor, una desacreditada copia de un modelo para velerismo que la marca norteamericana Sebago tenía en el mercado. También era dable ver a algunos con carísimos mocasines Vans de cuadritos o botines Adidas Top Ten que eran prácticamente incomprables. Los pantalones casi siempre eran los ansiados Levi's 501 (originales), o unos Ocean Pacific de múltiples bolsillos laterales que los surfistas impusieron a sangre y monte.

En mi caso particular, iba vestido con unos pantalones blancos, puede que marca Op, una chemise a grandes rayas verticales y, lo más importante, una gorra Caterpillar o MAC a la que le había guindado en la parte posterior un minimalista penacho de plumas que me había ganado en una atracción de la Ciudad Mecánica un año atrás.

De más está decir que todos los pasajeros de las busetas me vieron como el «último de los mohicanos» mientras me observaban hacer calistenias y ensayos de los pases de corriente y demás movimientos *breaker* propios del baile. Estos comenzaban desde la punta de mi dedo índice, pasaban por mi brazo entero en una ola eléctrica y sincronizada para arremeter contra mi cuello y cabeza. Todo terminaba de la misma forma, pero a la inversa, en la otra extremidad. Hoy la gente que vea esto tal vez se pregunte: ¿sambito o *crack*?

El estudio gigante de *Sábado Sensacional* siempre ha estado al lado del primer estacionamiento del canal. Creo que aún hoy se encuentra enrejado y rodeado de historias y misterios.

En aquella época bastaba que dijeras que ibas donde «el señor Peña» para que cualquier *Inspector Rodríguez* franqueara la puerta. Cuando finalmente entré a la antesala del estudio vi a Mateo. También supe que jamás ganaría el concurso...

Mateo era más o menos de mi estatura, aunque cuando lo vi de lejos parecía un gigante de dos metros. Andaba vestido similar a nosotros, pero algo en el diseño y entalle de sus ropas y accesorios delataban a alguien recién llegado de una gran metrópolis, con artes y maneras desconocidas para los locales. Todo lo que tenía encima relucía y parecía acabado de comprar en una tienda *supercool* en Nueva York.

Con esa pinta lo vi en la entrada del estudio gigante de *Sábado Sensacional*. Lo recuerdo haciendo calistenias de yoga en el piso como si estuviera a punto de correr los 100 metros planos al lado de Usain Bolt. Poco después, comenzaría a ensayar con precisión mecánica la rutina con que nos haría añicos horas más tarde. Al verlo, sentí pena por mí mismo cuando recordé la mucha suerte que había tenido la semana anterior cuando pasé, de milagro, una prueba preliminar que el equipo de producción me había hecho en un edificio en Chacao.

Había que ser ignorante (o muy envidioso) para no darse cuenta de los múltiples talentos de los que estaba en posesión Mateo. Su especialidad era el *floating*, una suerte de paso estático, heredero del *moonwalker*, pero ejecutado con giros laterales con las puntas de los pies y que daban el efecto óptico de estar flotando en círculos. Los «freezes» y «electrobodies» los dominaba a placer. Mientras los ejecutaba, sonreía y movía los ojos al compás de un sampleo imaginario. Tal vez fuera esa gracia natural demostrada en cada ejecución lo que animó a la agencia de publicidad que llevaba la cuenta de la marca Yoka a contratarlo para una cuña que saldría poquísimo tiempo después a nivel nacional. El comercial está colgado en YouTube; tiene la pátina y el pixelado que le confieren 30 años de confinamiento en una cinta de Betamax.

El estudio gigante de Venevisión era un apéndice del complejo de estudios y oficinas de la planta principal. Apenas entrabas en él, sentías que estabas ingresando a un recinto sagrado cargado de historia. Por aquel estudio habían desfilado luminarias de la talla de Los 5 de Jackson, Farrah Fawcett, John Travolta y Olivia Newton-Jones bailando joropo. Por ahí también pasaron Lee Majors (*El hombre nuclear*), vestido como si fuera a un baile de graduación en una *high school* gringa; David Soul (el catire de *Starsky & Hutch*); el enanito Tatoo, de *La isla de la fanta-*

sía, entre otros que el inolvidable dólar a 4,30 pudo financiar.

Recuerdo que aquel estudio era más pequeño en su parte frontal que su parte posterior, en lo que se suele llamar *backstage*. Tras bambalinas, estaban ubicados los camerinos, baños, salones de estar y una pequeña oficina con muchos monitores y controles donde el «Gordo» Peña hacía que «todo sucediera». A los muchachos del concurso nos ubicaron en una de las salas de estar, en las que había un aparato de televisión, dos sofás y un dispensador de agua potable. Algunos de nosotros tratábamos de ensayar la precaria rutina que traíamos de casa, pero ya todos sabíamos que el ganador de la tarde se encontraba echado en uno de los sofás, escuchando algo de Culture Club en su Walkman.

Desde la sala de estar vi el inicio del *show*. Una voz en *off* (¿Winston Vallenilla padre?) anunciaba, con su atiplada pronunciación: «Y con ustedes, Amador Bendayán, el Gigante de los Sábados». Por esa época, Amador andaba por los sesenta y tantos. Años atrás, se había retirado del programa en varias ocasiones por problemas de salud. Sufría de diabetes mellitus y fumaba como un chino. Cosa que pude comprobar en un momento de la tarde en que confundí un baño con el camerino del «Pequeño Gigante» de los sábados. Amador estaba sentado en una silla de barbero de cara a un espejo con bombillos circundantes. Frente a él, tenía una honesta botella de Chivas Regal de la que se servía cortos chorritos en una taza de café y le daba gustosas caladas a un Belmont que sostenía con elegancia entre los dedos de la mano derecha. Parecía un Don Draper en sus años finales. Uno del equipo de producción me sorprendió espiando al animador y casi me saca del canal. La cosa no pasó a mayores porque alguien lo llamó y yo aproveché para escabullirme a la sala de estar. Al poco rato comenzaron a llamarnos.

De los cuatro que íbamos a concursar, yo era el tercero en el orden que tenían para presentarnos. El último era Mateo, supongo que para dejar la sorpresa para el final. El caso fue que cuando me llamaron las piernas no me respondían. Tampoco los brazos. Me quedé como una estatua mirando los enormes focos en el techo que emitían un calor abrasador. Uno de los asistentes comenzó a hacerme señas con un libreto en la mano. Puede que mi estado de *shock* haya durado unos nanosegundos pero yo sentía que tenía una década haciendo el ridículo en el centro del escenario. En un momento dado me volvió el alma al cuerpo, hice unos movimientos robóticos que más bien parecían de momia, y salí corriendo despavorido hacia el *backstage*. En mi huida me topé con Mateo, que daba unos brinquitos para no enfriarse y sacudía de un lado a otro la cabeza como si fuera a pelear un *round* de boxeo.

–Chamo, tremenda cagada. Sácale provecho, entrena más –me dijo el futuro Chico Yoka en tono aleccionador antes de seguir mi huida hacia la calle.

Estas líneas puede que sean el mejor provecho que he sacado de aquella tarde.

El Palacio del Hielo

Cuando finalmente pudimos entrar al Ice Palace, el local era una suerte de mamut congelado en Eurasia desde hacía muchísimo tiempo. Sucedió una tarde luego de salir del Museo de Bellas Artes, institución donde trabajé cinco inolvidables años en el departamento de publicaciones y en la que habíamos logrado conformar una incansable cofradía de rumba a la que, con el tiempo, se le fueron sumando los departamentos de curaduría, museografía y ya, en su última etapa, secretarias y guías de sala ávidas de emociones fuertes.

El Ice Palace tenía enquistada una leyenda negra que para nada tenía que ver con el perfil de sus *habitués*. Como algunos recordarán, el Ice Palace fue el mejor bar de «ambiente» del este de Caracas hasta bien entrada la década de los 90. Sin embargo, diez años antes, la prensa había estigmatizado al sitio ligándolo con un hecho de sangre donde la discoteca estuvo involucrada de manera fortuita. Resulta que una madrugada del 82, o puede que haya sido del 81, el hijo del empresario dueño de Panqué 11-11 (una golosina que aún venden los quioscos) había asesinado, a sangre fría, a dos chicas que se habían negado a bailar con él minutos antes en la discoteca. El hijo del rico empresario era gordito y poco agraciado, pero contaba con un 357 Magnum y el impulso irracional que otorgan ciertas sustancias ilícitas para vengar el desaire. En uno de los elevados que se encontraban en la Altamira de aquella época, el asesino logró darle alcance al vehículo donde iban las dos muchachas y les disparó a boca de jarro. Bastó que se dijera que las jóvenes habían salido del Ice Palace para que el local arrastrara aquella raya hasta el fin de sus días, cuando finalmente fue demolido junto con lo que quedaba del edificio del Teatro Altamira.

El caso fue que aquel hecho trágico manchó el nombre de la disco y, aunque esta cambió de nombre varias veces, nunca pudo sacudirse aquella mácula terrible. Cuando nosotros finalmente pudimos entrar, las políticas del establecimiento se habían relajado bastante. Era fama que el portero del Ice fue un duro cancerbero de las puertas de aquel palacio de la buena música y el ligue furtivo. Amén de la inexpugnable puerta por cuya rendija se asomaban unos severos ojos escrutadores y que constituía la segunda alcabala para acceder al sitio. Aquella tarde, el grupo del museo entró como Pedro por su casa sin más escollo que una propina que le dimos a una persona que estaba en la puerta que, en última instancia, jamás supimos si se trataba del portero o de alguien que por casualidad pasaba por allí. Un dato importante, aparte de un número notorio de mujeres que nos acompañaba, habíamos logrado introducir otro contrabando: en una licorería cercana habíamos comprado una caja de latas de cerveza que entraron sin problemas en el morral de una de las chicas. Nunca logré entender qué hacía abierto un sitio como ese a las cinco y media de la tarde. Supongo que ya en aquellos tiempos estertóreos la gerencia buscaba reanimar el flujo de caja mediante la modalidad del *matiné*. Igual decepción nos llevamos con el «ambiente» del local: por ningún lado vimos luces estroboscópicas, bolas giratorias ni pista de baile retroiluminada. Ni hablar de que también brillaron por su ausencia los clientes vestidos de cuero negro, con poblados bigotes y botas tipo Terminator. En su lugar, dos oficinistas del Banco Provincial (lo supe por el carnet que tenían guindado) bailaban algo de Pet Shop Boys en la pista, un poco acaramelados eso sí, pero sin llegar a escandalizar a nadie. También había otros parroquianos, recién salidos de sus trabajos, que buscaban algo de buena música, un trago reparador y, por qué no, algún escarceo sibilino en uno de los baños del local.

Al poco rato de ambientarnos (la palabra ambiente se empeña en perseguir a esta crónica), cogimos confianza y nos hicimos dueños tanto de la pista como de la barra. Los oficinistas del Provincial huyeron despavoridos de la pista cuando nos pusimos a hacer un trencito con un viejo *hit* de Men At Work. De verdad que la estábamos pasando bastante bien. De pronto, alguien extraño al grupo se integró de la manera más natural que pudo. Hizo trencito, saltó y brincó como si fuera uno de los nuestros. Era un tipo grande, con una frondosa barba y algo pasado de peso. Parecía el Oso Yogui en busca de cariño y comida.

Recuerdo claramente cuando Ernesto, el diseñador de publicaciones, fue al baño a orinar, aunque jamás vi que el «Oso» lo hubiera seguido. En todo caso, Ernesto regresó casi de inmediato a la barra donde ya habíamos perdido el pudor y teníamos diseminadas las latas vacías por toda la barra. Nos quedaban más de dos docenas de latas en el morral pero ya estaban calientes e intomables.

Ernesto, blanco como un papel: «Chamo, el tipo grandote me persiguió hasta el baño. Quería algo conmigo. Nojooo».

Y así siguió haciendo pucheros sin entender ni caer en cuenta del sitio en el que estábamos. De pronto, el Oso apareció al otro lado de la barra. Ernesto se petrificó. El hombre se presentó como el «mánager» de la discoteca y procedió, sin más, a contarnos viejas anécdotas del sitio. Cuando iba a relatar lo del crimen del elevado, hizo una pausa, miró el morral con las cervezas calientes y preguntó:

–¿Hielo?

Historia privada de la viveza criolla

EL VIVO SIEMPRE es un primo tuyo que te lleva cinco años de edad. Eso significa, por lo tanto, que llegó primero a las cosas que a ti te mantenían en una constante sorpresa y zozobra. También pudo haber sido el mismo que te enseñó a hacer la primera micro «chuleta» en el dorso de la mano para el examen de Biología. Tampoco dudaría que fue el que te agenció tu primera *Playboy*, ese paraíso de vulvas rosadas y pezones insolentes. Fue ese mismo Vivo (quién otro) el que te advirtió que la revista del conejito era mejor si la acompañabas con el masaje favorito de Onán.

En el liceo, el Vivo lanzaba balones desde la raya de tres y las metía «líquidas» en la red, incluso con el humo de un Belmont entorpeciéndole el tiro. Y sí, por supuesto, fue el mismo que te tendió en una ocasión la cajetilla de cigarrillos como si estuvieran en una cuña con el «¡tutururututú!» de fondo.

Una tarde, el Vivo te enseñó una gran lección. Tenías dos horas y media en la cola del cine para ver el estreno de *El retorno del Jedi* y ya casi llegabas a la taquilla cuando el Vivo apareció de la nada. Venía con la novia, un hermano de la novia y tres personas más que jamás habías visto en tu vida. Te sorprendió muchísimo la efusividad con que te abordó el Vivo. La novia del Vivo hasta te saludó con un besito amistoso en el cachete. Vista de lejos, la escena parecía un reencuentro familiar. Hasta los desconocidos chisteaban contigo y tú te sentías feliz de que el Vivo no te ignorara como lo hacía en el liceo. Llegados a la taquilla, a uno de los desconocidos, o la novia, incluso puede que al mismo Vivo le haya faltado algo de dinero para completar para la entrada. «Te lo pago mañana», sería la frase que te acompañaría todo el 4to. y 5to. año de bachillerato cada vez que te encontrabas al Vivo en aprietos económicos.

Al Vivo le gustaban los números. Era bueno sacando cuentas y calculando porcentajes. En la universidad intentó con varias carreras que se ajustaban, más que a su perfil, a su *hobby*. De la escuela de Ingeniería pasó a la de Contaduría y de ahí a la de Economía. También intentó con las Ciencias Actuariales. En esta última no llegó ni siquiera a culminar un semestre. Un día desapareció. Fue extraño no verlo recorrer los pasillos de la universidad en busca de víctimas a quienes darle un sablazo. O aplicando el método «Mi Pana» para colearse en la cola del comedor.

Una noche, sin embargo, se le vio salir del Centro Contable, una descreditada academia adonde iban a parar las secretarias con aspiraciones gerenciales y los repitientes de las escuelas de Contaduría Pública. El Vivo no tenía mucho talento, pero constancia le sobraba.

Su paso por la universidad le dejaría al Vivo algo más que una ristra de materias aplazadas: fue allí donde haría sus primeros «contactos», palabra clave en el tránsito vital de nuestro personaje. Y fue uno de estos contactos el que, años después, lo invitaría a unirse a la campaña del Candidato. El Vivo al principio dudó. El Candidato estaba muy abajo en las encuestas y no quería anotarse a perdedor. Pero el Contacto de alguna manera lo convenció y lo llevó a la casa del partido que apoyaba al Candidato.

En un principio el Vivo hizo de todo. Pegó afiches a media noche, pintó una infinita cantidad de esténciles con la cara del Candidato. Llevó empujones y pisotones en las giras de un Candidato que ya repuntaba en las encuestas. A medida que el Candidato subía en sus números, el Vivo fue ascendiendo dentro de la escala del partido. Ya sus actividades no se desarrollaban en la calle sino detrás de un escritorio. Todo lo aprendido en el Centro Contable lo estaba poniendo en práctica en su nuevo cargo de tesorero. En este puesto (*ad honorem*), el Vivo aprendería otra de las palabras que lo marcarían para siempre: «comisión». ¡Oh, qué bella palabra!

Con el Candidato, ahora convertido en Mandatario, llevando los designios del país, el Vivo, en su inquebrantable amor hacia los números, hizo carrera en las instituciones financieras más sensibles de la economía nacional. Fue auditor, contralor, fiscal, superintendente, tesorero, viceministro. Llegó a ser presidente de una fundación sin otro fin de lucro que enriquecer a un general que la usaba de tapadera.

Lo último que se ha sabido del Vivo es que anda por Tailandia como encargado de negocios. Pero pasa más tiempo en su *penthouse* que compró en Park Avenue. El Vivo quiere postularse para un cargo de elección popular, pero luego lo piensa mejor y se le pasa.

Viejo Verde

EL «VIEJO VERDE» es una de las tantas instituciones canonizada por el nimbado género de la telenovela venezolana. Iconográficamente, al Viejo Verde se le solía identificar con un caballero entrado en la cincuentena, de patillas canosas, calva disimulada con peinados de fantasía y vistosos paltós a cuadros. Pero dos rasgos lo hacían único e insoslayable: su especial apetito por damiselas 30 años menores y la sólida chequera capaz de comprar conciencias, perfumes y LTD con techo de vinil, condición esta última que los salvaba de caer en la categoría de «Viejo Baboso».

Los Viejos Verdes de hace treinta y cuarenta años, por una parte, tuvieron la fortuna de gozar de la primera gran bonanza petrolera del país, cosa que les permitía financiar sus bajos pero fascinantes instintos, incluso aunque resultaran víctimas de ellos: casi siempre la Parca, encubierta en el infarto o el ACV, se los llevaba en el descanso poscoital o en medio de una humareda de morcillas, puntas traseras y orquesta Billo's de fondo.

La crisis, como todo buen cataclismo, trajo un reacomodo natural de las cosas. En los años 90, el Viejo Verde era una rareza en peligro de extinguirse para siempre. La economía, la tecnología y ¡los años! contribuyeron a diezmar a la especie. Pero el Viejo Verde halló las formas y las maneras de preservar su ADN. Se refugió, camufló y reservó para tiempos mejores. La raza solo buscaba pasar el testigo. Y vaya que por poco no lo logra. Y así pasó el tiempo.

Un buen día de esta década el Viejo Verde despertó de su hibernación y muy pocos se dieron por enterados. El gigante se había levantado más sabio, menos gordo y con un zarcillo en la oreja izquierda.

En su receso estratégico, el Viejo Verde mutó como uno de esos virus inteligentes, esquivos y letales. Ya no trataba de disimular su calva: la exponía, orgullosa y brillante. Cambió sus incómodos y ridículos mocasines color mostaza por unos Converse que le otorgaban un toque rebelde y juvenil, por lo menos desde lejos.

El Viejo Verde del siglo XXI entendió que su supervivencia no dependía de la carrera que estudió sino del oficio más *cool* para atraer a su presa. Así, vemos que la música, la publicidad, los medios de comunicación y demás artes liberales sirvieron de refugio y guarida para las nuevas generaciones. Un ejemplo contundente y feroz: a Mick Jagger, que se sepa, jamás se le ha visto de vacaciones en Martinica del brazo de una abuelita de su edad.

El Viejo Verde de nuevo cuño practica yoga, toma leche deslactosada y sacrifica 30 minutos diarios de su vida encima de una caminadora, Orbitrek o cualquier aparato de tortura de bajo impacto. Nuestro Viejo Verde jamás se ha casado y tampoco lo volverá a hacer. Vive con su madre, a quien adora, pero no le permite entrar a su cuarto, donde guarda su LED de 42 pulgadas (el único de la casa), su Play Station 4 y la nevera ejecutiva ahíta de jamón serrano, aceitunas griegas y un eterno *six pack* de Heineken.

El nuevo Viejo Verde maneja las redes sociales como un *community manager*. Sabe que del uso certero y oportuno de esas herramientas virtuales depende mucho su éxito y supervivencia. Sus *selfies* en Instagram tienen el cuidado y el esmero de cualquier retrato de Richard Avedon. En su cuenta de Twitter no da cabida a temas políticos o religiosos. Se decanta, más bien, por asuntos médico-científicos, hechos curiosos y astrológicos. En Facebook, donde suele exponerse más, no sube ninguna fotografía que no haya pasado los filtros del Instagram. Casi siempre postea una frase célebre que saca de una página especializada o *linkea* de YouTube videos de músicos *hipsters* que no conoce nadie para dárselas de *avant-garde*. Por lo general, jamás se enfrasca en discusiones en ningún muro, o a lo sumo puede dejar una fina ironía, que también saca de otra página especializada. Desde hace tiempo no acepta hombres en su lista de «amigos» y las nuevas amigas deben tener como requisito indefectible un llamativo y revelador álbum playero.

Mucho cuidado que el Viejo Verde puede andar muy cerca de usted. Solo es cuestión de afinar el ojo. O mirarse al espejo.

#BendecidayAfortunada

Una chica «explotada» no es la cándida e inocente joven venida del interior a quien explotan en una fábrica o casa de familia. El calificativo, más bien, apunta por otros caminos, curvas y mesetas. La gracia de la chica explotada es que siempre parece que está a punto de estallar. He ahí el chiste. No lo hace: es solo un efecto óptico que el cirujano plástico se esmeró en producir.

Revisar fotos de la pubertad de la chica explotada es altamente decepcionante. Te preguntas, con incredulidad, de dónde diablos salieron esos avasallantes muslos, las rotundas nalgas, el lunar de bailaora flamenca encima del labio. Las fotos que miras te muestran, en su lugar, a una tablita de surf desgarbada, con extremidades desnutridas y el «pelo malo». Ningún indicio del potencial de lo que algún día será.

Parece que a la chica explotada le basta con solo un semestre en la universidad o instituto técnico para que, literalmente, estalle. Muchas teorías circulan al respecto. La más común apunta a una «mejor amiga», recientemente explotada, que le robó el novio. Este suceso parece que es cardinal en el rumbo que tomará el cuerpo de la chica explotada. Luego del evento amoroso, viene eso que los gringos llaman, con toda justicia, el *come back*. *Regresar*, luego de un descalabro, es la idea que ha alimentado al cine de Hollywood por siempre. ¿Y cuál creen ustedes que es el siguiente paso que tomará nuestra heroína? El siguiente paso no es otro que la decisión capital de inscribirse en el gimnasio. Aquí comienza todo, déjenme decirles. El *gym* es a la chica explotada lo que el Templo Shaolin es para Bruce Lee. Ya luego nunca será la misma.

Su iniciación de fuego vendrá marcada por una privación: el chocolate ya no la acompañará en sus triunfos y fracasos. Aprenderá, luego de aleccionadoras jornadas, que el mejor aderezo para la lechuga es el poder mental. Su nueva vida tendrá una palabra clave, antes ninguneada en su imaginario gastronómico: proteína. Su entrenador personal, ese esclavista que vive del sudor ajeno, la iniciará en el arte de la alimentación proteica. Un arte sumamente caro, si tomamos en cuenta que tienes que comer seis veces al día combinaciones alimenticias que solo se ven en la programación del Discovery Home & Health.

Pero el *gym* no lo es todo. Una chica explotada requiere de otro músculo para lograr sus metas. «Músculo financiero», lo llaman. Hay cosas que si *natura* no da el *gym* tampoco lo otorga. Es aquí donde la vida de la chica explotada comienza a tomar giros y vericuetos, si no sospechosos, por lo menos sorprendentes. De pronto la vemos en una foto en

Instagram ¡manejando una camioneta Audi! O en la proa de un yate exhibiendo su nueva *pechonalidad*. La idea de un Kino milagroso es lo menos que te pasa por la mente cuando la vez bronceadita, haciendo la señal de la victoria y poniendo boquita de pato en una ensenada en Los Juanes con el *hashtag* #BendecidayAfortunada.

Por alguna extraña e insondable razón la mayoría de las chicas explotadas se describen en sus biografías como «podólogas», término técnico-piadoso para designar a las personas que se dedican al noble oficio de la pedicura. El resto se reparte entre promotoras, *hosts* y modelos. Un prototipo de la explotada venezolana como Jimena Araya, alias «Rosita», escribe en su biopic de redes sociales que es «actriz, animadora, DJ y auxiliar de preescolar». Un currículo morbosamente desconcertante, sin duda.

La chica explotada se ha convertido en un producto exportable no renovable. Países como México, Perú o Bolivia, por citar algunos casos, las reclaman desenfrenadamente para campañas publicitarias, desfiles o cualquier otro evento que requiera de lo que los genes de esos países no producen. He aquí una fuente alterna y sustentable de divisas. Nuestro segundo Reventón. ¿Será que esta vez sí las sembramos?

El tío Mannix

LA PRIMERA VEZ que vi al tío Mannix acababa de llegar de Inglaterra, donde tenía una larga temporada viviendo. Se había marchado en un principio de vacaciones, pero luego de un sinfín de peripecias, las vacaciones se le fueron alargando hasta convertirse en un quinquenio de estadía ininterrumpida en Londres.

El tío en realidad no se llamaba Mannix. En la familia le habían puesto ese nombre por el actor Mike Connors, quien interpretaba al detective Joe Mannix de la serie homónima de finales de los 60. Era igualito. Incluso tenía los mismos ademanes y hasta manejaba un convertible similar al del investigador privado californiano.

En fin, el tío Mannix era lo que, *stricto sensu*, podía calificarse como un «playboy». La tarde que lo vi llegar de su largo asueto londinense, vestía un traje azul marino y una prenda que, hasta ese día, había visto solo en películas: un curioso abrigo, muy peludo, color marrón, el cual traía puesto distraídamente como si su cuerpo aún no se hubiera adaptado a los rigores del trópico.

Las hazañas del tío Mannix, antes de marcharse, ya eran de por sí épicas. Era toda una leyenda en la calle de Los Chaguaramos donde se crió. Fue el primero de la cuadra en visitar un burdel por los lados de Catia y hacerles vivir a sus amigos, mediante su afilado ingenio y labia, las supuestas delicias eróticas experimentadas en el lupanar. También pondría de moda la práctica poco ética de «echar el carro» en las areperas de Sabana Grande junto a tres fieles escuderos que perpetuamente lo acompañaban en sus tremenduras. El tío Mannix siempre estuvo un paso adelante de sus congéneres y eso, como era lógico, le trajo mucha estima, pero también los inevitables celos de los envidiosos.

La primera Harley-Davidson que se vio y escuchó en Los Chaguaramos y Santa Mónica se la regalaron al tío cuando se graduó de bachiller y comenzó a estudiar Ingeniería Civil en la UCV. El tío Mannix iba y venía de la universidad con su estrepitosa Chopper, en la que a veces traía de parrillera a una compañera de estudios con la que, en palabras de la abuela, se encerraba en su cuarto a «repasar».

De la universidad también trajo otra de las novedades que en la cuadra pronto harían furor: la marihuana. Por aquella época, la abuela y el abuelo pasaban más tiempo en la casa de Río Chico que en Los Chaguaramos, circunstancia que el tío Mannix aprovecharía en pleno para realizar las mejores fiestas que se recuerden en la zona. Así como conseguía el mejor monte disponible, igual sucedía con la música que compraba y pinchaba en el tocadisco Philco de la casa. Los acetatos se los compraba a un trinitario que viajaba quincenalmente a Nueva York y traía lo mejor que se grababa en el primer mundo. El tío Mannix, sin quererlo, impuso todo un *soundtrack* en la urbanización.

Todavía hay sobrevivientes de la época que hablan con genuina nostalgia de aquellas veladas organizadas por el tío Mannix, ahumadas de cannabis y sonorizadas con lo mejor de The Animals, Credence y los responsables de que el tío se largara a Inglaterra, The Beatles.

¿Recuerdan el abrigo que mencioné al principio del relato? Bueno, no lo pierdan de vista. Esa prenda y Los Beatles son en realidad los motivos de este relato.

El tío Mannix llegó a Londres a mediados del 68. Había dejado los estudios de Ingeniería por la mitad, acción que, junto a la melena y la barba que se dejó crecer, les había partido el corazón a los abuelos. No sé cómo logró convencer a la gente de Ladies W.C. para que los representara en la gira que realizarían ese año en Inglaterra. Lo cierto es que el tío, a punta de «labia», persuadió a los integrantes de aquella banda de rock psicodélico criolla, y en julio de aquel año se embarcó como «mánager» del grupo sin siquiera saber hablar inglés.

El tío llegó en pleno Swinging London, como se le conoció a la escena de la moda y la cultura que floreció en Londres posterior al período de austeridad que siguió a la posguerra. Todo era optimismo y alegría. Todo podía suceder. Y aunque el tío Mannix estaba más movido por el movimiento *hippie* que por aquella cultura hedonista e individual, igual Londres le vino de maravillas.

Rápidamente hizo amistad con cierta comunidad latina compuesta fundamentalmente por músicos, artistas plásticos y escritores latinoamericanos que poco a poco lo fueron introduciendo en el *savoir faire* de la movida londinense. El inglés básico y elemental que llevó el tío a Inglaterra pronto se transformó en una sofisticada, y por demás afectada, parla británica que a veces combinaba con jerga «cockney» y que hacía de las delicias de sus interlocutores ingleses en los *pubs* de la ciudad.

Para finales del 68, el tío Mannix había desempeñado varios empleos que lo ayudaron a mejorar su inglés y también su precaria economía. Fue portero de un *pub* en King's Road, vendedor de discos en una discotienda en Carnaby Street y estibador en el puerto.

Pero el día de su suerte le llegaría una noche en la barra de un *pub* por Picadilly. Alguien a su lado lo escuchó hablar «venezolano» con otro compatriota que estaba de paso por Londres. Ese «alguien» había vivido unos años en Venezuela y se reía a gusto con las ocurrencias del tío, salpicadas de «coños» y «vales». Al rato, el inglés se presentó al par de amigos y comenzaron una larga cháchara que se extendería hasta la madrugada. Al final de la velada, el inglés le extendió por cortesía una tarjeta de presentación al tío. «Apple Records», rezaba la tarjeta junto al famoso N° 3 de Savile Row, dirección en la que The Beatles acababan de fundar su estudio de grabación. En esa misma dirección, pero en la azotea de los estudios, los «Cuatro de Liverpool» darían, poco después, su último y más famoso concierto en vivo conocido como el «Rooftop Concert».

No recuerdo cuál «viveza criolla» utilizó el tío Mannix para entrar, unos días después, al edificio y preguntar, tarjeta de presentación en mano, por aquel amigo accidental que le había caído del cielo. Por supuesto que el tío sabía que el edificio era la guarida oficial de la banda de sus amores y siempre aruñó la idea de colarse en su interior y cruzar algunas palabras con Harrison, su Beatle predilecto. Si algo tenía el tío es que no dejaba escapar ninguna oportunidad. «Si quieres comer, oculta tu hambre», era el dicho y mantra que aplicaba con rigor. El tipo de la tarjeta resultó ser el ingeniero jefe de los estudios de grabación, un tal Glym, quien se encontraba metido en una gigantesca pecera llena de consolas y cables. «La próxima vez te traigo una arepa de carne mechada», bromeó el tío cuando lo vio.

El tío escondió muy bien su apetito y le pidió un empleo al inglés. «Cualquier cosa para pagar la renta y la arepa», dijo al tiempo que volteaba hacia los lados en busca de los redondos lentes de Lennon o la barba incierta del McCartney *posthippie*.

El caso fue que el ingeniero se apiadó del venezolano en apuros y lo empleó de «todero». Aquel privilegiado pobre puesto era el sueño húmedo de cualquier fan del cuarteto. Pero el tío, gracias al roce diario con la leyenda, se lo tomó con soda y pronto se acostumbró a sus ídolos.

A principios del 68 y hasta enero del 69 se habían desarrollado los ensayos y grabaciones del accidentado álbum *Let It Be*. Eso tenía muy nervioso a George Martin, mánager del grupo, quien sabía o intuía que aquel podría ser el último huevo que pondría su gallina de oro.

Martin había barajado varios sitios para lanzar el nuevo álbum del grupo con un concierto en vivo. Cosas delirantes como presentarse en las Pirámides de Egipto ante unos beduinos, actuar en un barco solo para fanáticos u ofrecer un *show* ante un público compuesto por niños aquejados de enfermedades terminales fueron algunas de las ideas que puso sobre la mesa el equipo «creativo» de la disquera. Finalmente, a alguien se le ocurrió que lo más práctico (y barato) era subir todos los equipos e instrumentos a la azotea del propio edificio, enchufarlos, y echarle pichón al asunto.

Y así llegó el día del concierto en la azotea en el N° 3 de la calle Savile. No me extenderé en detalles del concierto; en YouTube hay una oferta generosa de videos y documentales en los que, por cierto, el tío Mannix aparece en varios planos robando cámara.

Lo interesante es lo que pasó después. Como todo el mundo sabe, por aquella época los integrantes de la banda estaban peleadísimos. Casi ni se hablaban. Harrison fue el primero que se fue y más atrás Ringo haría lo mismo. McCartney y Lennon tenían que grabar unos coros y se quedaron toda la tarde haciéndolo. Yoko Ono había acompañado a su esposo, pero estaba pasando por un período de enganche a las drogas duras y se la pasó echada en un sillón toda la tarde.

El abrigo que Lennon había usado en el concierto de la azotea en realidad era de Yoko. John se lo había pedido de emergencia para aguantar la gélida temperatura que había en la azotea ese mediodía de enero. Cuando se metieron en el estudio a hacer los coros, John le entregó el abrigo al tío Mannix para que se lo devolviera a la Ono. Cuando el tío finalmente la encontró detrás de unas cornetas, la japonesa estaba hablando sola y meneaba la cabeza de atrás hacia adelante como niña fantasma de película de terror.

Le ofreció el abrigo, pero la artista psicodélica lo apartó con una mano, al tiempo que murmuraba algo que el tío interpretó como «keep it».

Poco tiempo después, al tío lo botaron del estudio. Las razones nunca estuvieron claras. El caso es que gracias a los contactos y amistades que logró hacer en Apple Records nunca le faltó trabajo en los siguientes cuatro años de su aventura inglesa.

La historia del abrigo la contó aquella tarde en que nos visitó recién llegado al país. Al tío Mannix no le pareció práctico andar por Caracas con semejante pieza encima y se lo dio a guardar a mi mamá. Aquella piel de oso estuvo colgada en el clóset de mi mamá por años. Un buen día el abrigo desapareció del clóset y le pregunté a mi madre por él.

«Tu tío vino anoche a buscarlo. Me dijo que una tal Christie's estaba interesada. Debe ser una de sus putas».

El último de la familia

HACE POCO le escuché decir a un amigo que su carro era el miembro más fiel y noble que tenía su familia. «Por encima del perro, incluso», acotó para dejar en claro su particular preferencia familiar.

En estos días su sentencia me volvió a la cabeza cuando mi mamá me llamó al celular diciéndome que había chocado su carro. Mi progenitora es una septuagenaria que lleva más de 50 años manejando con el impecable récord de cero choques. Marca esta que fue rota la mañana de aquel sábado cuando salía en retroceso de una ferretería en Los Dos Caminos.

El pequeño accidente dejó como saldo una gran abolladura en la maleta y la decisión irrevocable, por parte de mi madre, de retirarse del volante por lo que le resta de vida.

Cuando llevamos el carro al taller, me puse a recordar todos los vehículos que pasaron por nuestra familia. Fue un recuento arduo y nostálgico. Cada carro estuvo muy ligado a vivencias inolvidables de la familia como testigo silencioso y fiel del momento que le tocó servirnos. Entonces entendí que aquel

Mitsubishi Lancer, herido a las puertas del taller, sería el último de una casta de devotos y nobles guerreros que ofrendaron su vida útil a nuestro clan.

El primer carro del que tengo noticias en nuestra familia es un Volkswagen Escarabajo del año 72 azul claro. En él, me veo recorriendo la ciudad con la cara pegada al vidrio trasero, alelado con la fuerza, el color y los sonidos que una ciudad como Caracas entregaba para entonces. Para mí, cada salida con mi mamá al volante y papá de copiloto constituía toda una aventura y un despertar a un mundo de sensaciones inéditas y emocionantes. En aquel pequeño, pero resistente Volkswagen, «bajé» por primera vez a La Guaira a conocer el mar. También hice mi primer desplazamiento largo por carretera hasta Barquisimeto. Un viaje que recuerdo como una expedición de varios días. O semanas.

Sin embargo, aquel pequeño carrito alemán también pudo haber sido la caja mortuoria de la familia si mi mamá no hubiera hecho una maniobra a lo *Rápido y furioso* en una curva de Higuerote una Semana Santa.

Dos años después de fiel y honesto servicio, mi papá le vendió el Escarabajo a un compañero de trabajo. El país atravesaba por un gran momento y el viejo había decidido que era hora de pasar al siguiente nivel. Una tarde, mientras «resolvía» su adorado crucigrama de *El Nacional*, vio una publicidad a página completa del nuevo Dodge Coronet 75, un imponente y poderoso *muscle car* 8 cilindros, acorde con el pujante y prometedor país petrolero en que vivíamos.

Recuerdo que lo fuimos a buscar a un concesionario Dodge por los lados de Roca Tarpeya. En comparación con el modesto Volkswagen, el Coronet era algo así como el «Rey del Camino». Mi mamá no perdía oportunidad de probarle toda la potencia que era capaz de dar aquel monstruoso motor 440 cada vez que enfilaba por la Francisco Fajardo o bordeaba la Cota Mil.

Una buena oportunidad de trabajo de mi papá en el oriente del país hizo que la familia completa se mudara a Puerto La Cruz, el Coronet incluido, quien nos condujo hasta lo que sería nuestro nuevo hogar por los próximos siete años. Con aquel Dodge visitaríamos las mejores playas de Venezuela, conoceríamos los llanos orientales y veríamos postales naturales que solo he vuelto a ver en las fotos que tomamos en esos paseos.

Adorábamos ese carro por sobre todas las cosas, pero un buen día mi papá llegó con la noticia de que el Coronet ya no sería parte de la familia. Parecía un Toni Soprano anunciando una baja sensible dentro de su organización. Al parecer, un taxista se había enamorado del inmaculado Mopar y le hizo una oferta a mi papá que no pudo rechazar.

Fue así que le tocaría el turno a uno de los mejores carros que tuvimos en nuestro garaje, un inolvidable y lujoso Caprice Classic del 80. Toda una metáfora de la Venezuela de entonces.

El Caprice Classic de la casa era perfecto para que Robert De Niro lo manejara en una escena de *Casino*. Era azul cielo y, que yo recuerde, jamás lo llevaron al taller mecánico en los casi dos años que permaneció con nosotros. Aquella nave era todo un derroche de lujo, diseño y potencia automotriz. Sin embargo, la bonanza de la época dictaba cambiar de carro cada dos años. Un buen día, cuando la tapicería del Caprice apenas había dejado de oler a «nuevo», mis viejos lo entregaron como parte de pago del nuevo miembro de la familia.

Fue a mediados del 82 cuando trajeron a la casa la Wagoneer Limited marrón. Era un camionetón con paneles de imitación de madera, aire acondicionado friísimo y un aditamento llamado «Quadra Trac» que resultó ser la pesadilla de los mecánicos de la época. Creo que mi mamá ponderó que aquella 4X4 sería una mejor aliada en nuestras excursiones semanales a la playa, en contraposición al LTD Landau con techo de vinil que mi papá quería comprar no sé con qué oscuros fines.

Con aquella camioneta, pretendidamente «rústica», sí que iniciamos el Magical Mistery Tour familiar. No hubo playa, montaña, río o llano que los cauchos de la consentida de la casa no horadaran a su paso. Hasta el pesadillesco Quadra Trac jamás falló cuando nos enfrentábamos a barriales y arenas movedizas. Ahora que lo pienso con detenimiento, esas camionetas primigenias inocularon en el país el malévolo virus de la camionetitis, ese agente patógeno responsable de las guerras de reguetón a orilla de playa y de cierta actitud cavernícola de sus dueños cada vez que se ponen al volante.

Pero dos protervos acontecimientos comenzaron a gestarse a principios del 83: a mi mamá le dio por vender la camioneta sin razón aparente y el dólar a 4,30 pronto sería un mítico recuerdo.

Mi madre contaría, años después, que manejar la Wagoneer le resultaba muy «pesado»; una mentira blanca que jamás le creímos, sobre todo porque la vimos manejarla con soltura todo aquel año que compartió con nosotros. La cosa vino por otro lado. El lado por el cual las mujeres siempre toman las decisiones más absurdas. Una vecina se había comprado un Montecarlo y mi mamá, manejando la Wagoneer, se veía a sí misma como una chofer de autobús escolar. Resultado: vuelta al concesionario Chrysler.

Desde ese entonces, «LeBaron» es una palabra prohibida en la familia. El LeBaron Town & Country fue el carro que comenzó a traer cierta decadencia automovilística a nuestra familia. Era un auto con un lujo desacreditado que al final terminó costándole demasiado caro a mi papá. Al carro le decíamos el «caimán»; cada vez que salíamos a la calle, terminábamos orillados en el hombrillo con el capó abierto de par en par, como las fauces de un lagarto hambriento.

Mi papá se cansó de aquel LeBaron beige, que pasaba más tiempo en el taller que con nosotros y pronto tomaría una decisión en aras del bien de la familia.

La verdad es que no recuerdo bien a quién le encasquetaron el fulano LeBaron, pero fue como si hubiésemos vendido una lancha o un purasangre de carreras. Nada da más satisfacción que deshacerse de un lujo oneroso a tiempo.

Pero mi papá no aprendió la lección y con el dinero del LeBaron compró la última cosa lujosa que tendríamos en la familia por años. Supongo que tomaba revancha por el LTD Landau que mi mamá no le dejó comprar. Aquel Chevrolet Century vinotinto sufrió en carne propia todos los embates de la crisis económica que vino tras la devaluación de la moneda. Y el carro tampoco ayudaba. Parecía de juguete. Casi todo era de fibra de vidrio y los aditamentos «lujosos» de su interior pronto se convirtieron en inservibles molestias. Los vidrios eléctricos y el aire acondicionado una vez que se dañaron por primera vez, más nunca volvieron a ser los mismos a pesar de las eternas reparaciones. En el montón de años que el Century estuvo de servicio, creo que le hicieron el motor unas cuatro veces y fue repintado en tres oportunidades. Sin embargo, con el pasar del tiempo, terminó siendo lo que los entendidos llaman una «llaga». Mi papá adoraba aquel carro como al hijo pródigo de la parábola.

Aprovechando la última bonanza que hubo en la familia (y en el país), a finales de los noventa mi papá pudo estar en posición de visitar nuevamente un concesionario automotriz. «Únase al mundo Mitsubishi», anunciaba Gilberto Correa aterrizando en un helicóptero en la planta de ensamblaje de la marca japonesa. Y bueno, fue lo que mi papá hizo para beneplácito de mi mamá. Creo que escogieron uno color blanco en homenaje a la tregua que ambos pactaron en sus disputas automotrices.

Cuando reparen al Mitsubishi Lancer del único tropiezo que ha tenido en su guardia, entre todos decidiremos su futuro. Mientras tanto, le daremos un merecido descanso en la quietud amorosa del garaje familiar.

¡Mamá, ahí viene Popy!

ESCENA: Sala de nuestro apartamento en San Bernardino. No estoy seguro de si corre 1973 o 1974, aunque para los efectos de esta crónica no creo que sea un dato importante. Mi mamá siempre ha tenido mal gusto para los muebles, así que me recuerdo sentado en un felpudo sofá «rococó», tapizado en una tela vinotinto con arabescos. Tengo mi inseparable vaso de Toddy caliente en una mano y Popy me hechiza desde un estudio del canal 8, CVTV, hoy día trastocado en VTV.

Pero no nos amarguemos la tarde y volvamos a *El show de Popy*. Yo no lo sabía, pero Popy era un payaso mediocre, desangelado y con muy mal carácter, aunque de eso hablaremos más tarde. Era una suerte de Krusty con peinado yanomami. Pero de niño uno no suele prestarle mucha atención al detalle y las canciones del payaso me gustaban y hasta me las sabía de memoria.

Ya para esa época, el pequeño Diony López, que así se llamaba el payaso, había abandonado su sueño de ser una estrella pop con el desafinado dúo Los

Dionis y andaba en planes de relanzar su carrera. Su amigo Trino Mora, el inmortal intérprete de «Libera tu mente», le había dado una crucial sugerencia a López que le cambiaría la vida: «Tienes que lanzarte con un espectáculo infantil. Con payasos y todo eso», le diría el rockero.

Diony, que si algo tenía era espíritu de emprendedor, le tomó la palabra a Trino e ideó y dio vida a un personaje que revolucionaría la televisión venezolana de principios de los 70: Popy.

Popy era un payaso extraño. Tenía más de mimo que de bufón de circo. Aparte del raro peinado indígena, usaba sombrero bombín negro, estridente franela a rayas y un chaleco sin mangas que le confería un aire de mesonero. El *clown* tenía la simpatía de un revólver. Él lo sabía y disimulaba su total ausencia de gracia y agrio carácter tras la fachada del «payaso pedagógico». Así, en los muchos discos que logró grabar a lo largo de su carrera, se esforzó en plasmar a través de sus letras loas al correcto cepillado dental, a la sana alimentación y a la «necesidad» de un aparato tecnológico como el teléfono. Sus didácticas composiciones tenían impregnado ese tono de monserga regañona a lo madre superiora que tanto fascinaba a los niños, entre los que me incluía yo.

Aquella tarde en que me encontraba en el sofá viendo *El show de Popy*, Diony haría un anuncio que me llenaría de entusiasmo pero también de mucho estrés: ese fin de semana sería la inauguración de Popylandia, una heladería «temática» cuyo único tema era el payaso cascarrabias.

No recuerdo con exactitud los detalles de la campaña que le montamos mi hermana y yo a mi mamá para que nos llevaran a Popylandia. El caso es que funcionó y ese sábado, como a las dos de la tarde, ya estábamos en los sótanos del Beco de Chacaíto, donde el emprendedor Diony había montado su heladería.

Creo que era la primera vez en mi vida que veía a tanta gente junta en un lugar cerrado. Las personas hacían fila y se arremolinaban en torno al local de Popy, que más bien lucía como un quiosquito de helados EFE.

De pronto se oyeron unos gritos y una turbamulta de chamos, adultos y hasta abuelitas salieron de un costado de Popylandia persiguiendo y apiñando al payaso que comenzaba ya a sentir los rigores de la fama.

Traía a dos gorditos aferrados a una de sus piernas, lo que le dificultaba la huida. Un negrito bembón y con cara de malo se le había encaramado a la espalda y le halaba el cabello como corroborando la veracidad de aquel prodigio de pelos. Una de las abuelas le había arrebatado el bombín de fieltro y se lo disputaba a empujones con otras doñas. Todo ese maremágnum venía en dirección a nosotros cuando grité:

—¡Mamá, ahí viene Popy!

Cuando desperté en la ambulancia, Popy siempre estaría ahí, dándome el empujón.

Curando la Menuditis

LA PRIMERA VEZ que mi hermana se escapó de la casa fue para siempre. Según mis cuentas, fue por julio del 81. Pero no se confíen en ese dato: tengo la peor memoria del mundo. Mi hermana tenía 17 años cuando decidió emprender la gran aventura que ha sido su vida. Todo comenzó con la venida del grupo Menudo a Venezuela. Bueno, una de las tantas venidas que tuvo la agrupación puertorriqueña en los años ochenta. La formación del grupo para aquella época es tal vez la que más se recuerde: René, Xavier, Johnny, Miguel y Ricky. Los recuerdo sudorosos y «sacando músculo» en la carátula de un LP que mi hermana se cansó de poner en el tocadiscos de la casa hasta rayarlo.

Una tarde en que escuchaba «Quiero ser» –¿o sería «Súbete a mi moto»?– a todo volumen, se le ocurrió el plan para escapar de la casa definitivamente. Nosotros no vivíamos en Caracas, así que la excusa de ir a ver al grupo a *El Show de Fantástico* fue la columna vertebral de su plan de fuga. No sé qué artimañas utilizó para convencer a mi abuela para que la recibiera en su apartamento de las Fuerzas Armadas «por ese fin de semana». El caso es que logró sacar todos los permisos en la casa en tiempo récord y el viernes en la mañana la estábamos llevando al terminal de autobuses para que se fuera para Caracas.

Cuenta mi hermana que llegó a Caracas un poco antes del mediodía. En vez de ir al apartamento de la abuela, se fue directo a la casa de unas primas por Cumbres de Curumo. Las primas habían fundado, junto a unas compañeras del colegio, un club de fanes llamado «Enamoriscadas», nombre que emulaba uno de los *hits* del grupo. A mi hermana la recibieron con un kit del club que consistía en una franela negra con el nombre y logotipo del club, una bandana con igual diseño y hasta un ¡carnet!

Aquella tarde fue de preparativos, logística para el día siguiente y hasta ensayos coreográficos que las integrantes del club hacían para recrear los bailes de sus ídolos. Mi hermana llamó desde la casa de las primas a la abuela para tranquilizarla y le dijo que la vería el domingo. Hasta ahí iba todo bien. Las adolescentes se acostaron tardísimo esa noche, ansiosas y anhelantes de ver en persona a quienes tanto adoraban en afiches y discos.

El sábado, como era lógico, se levantaron muy tarde. Ese sería el primer traspié del día. El primero de muchos. Cuando llegaron al Teatro La Campiña, donde grababan *Fantástico*, la cola para retirar las entradas casi llegaba a la avenida Libertador. Mi hermana, al ver aquella laberíntica fila de adolescentes ataviadas con el mismo *look* de ella, pronto entendió que si no tomaba una decisión radical jamás vería a René (de quien estaba «enamoriscada») interpretar «Fuego» con sus ajustados pantalones fucsia.

Lo primero que hizo fue deshacerse de la camiseta y la bandana del club. Desde que tengo uso de razón, mi hermana siempre ha llevado a cuestas un morral donde suele meter cosas insólitamente necesarias. En un baño de una arepera cercana, sacó del morral unos zapatos de tacón aguja, un estuche de maquillaje y esa prenda ícono de los 80 conocida como «strapless». En pocos minutos, la adolescente había transmutado en *femme fatale* y sus posibilidades de acceder al Teatro La Campiña habían aumentado una enormidad en comparación con sus compañeras de club, sobre todo porque también había pillado una brecha en la seguridad del teatro y por allí trataría de lograrlo.

El Teatro La Campiña tenía una pequeña puerta de servicio a un costado por donde entraban los talentos y el personal técnico del canal. Mi hermana rápidamente notó la total ausencia de vigilancia de dicha puerta y por ahí logró colarse, parapeteada detrás de dos técnicos que cargaban unos equipos de iluminación.

Aquella entrada conducía directamente al *backstage* del teatro, que en ese momento era un hervidero de personal técnico, artistas y equipo de producción que sábado a sábado hacían posible la salida al aire de *El Show de Fantástico*. Mi hermana sabía que solo era cuestión de mimetizarse con el entorno para no «alumbrar» y no correr el riesgo de que la corrieran del teatro.

Sabía, también, que la clave estaba en moverse, en no quedarse en un solo sitio con cara de perdida y lela. El morral lo dejó escondido detrás de unas cajas y se decidió a realizar un *tour* por las interioridades del teatro. Era mediodía y la mayoría del personal almorzaba en un bufet dispuesto para ello. Mi hermana, que había salido de la casa de las primas sin desayunar, pensó que no era mala idea meterle algo al estómago y se puso a hacer su fila junto a los demás empleados del canal.

Luego de comer, se fue a la parte de los camerinos que estaba en el segundo piso del teatro. Ella pensó que se iba a encontrar con una seguidilla de puertas negras en las que estaría estampada una estrella con el nombre del artista. Pero se llevó una gran decepción al ver aquel descampado alfombrado, en el que apenas había dos sofás, tres sillas de peluquería (con sus peluqueros) y mucha gente echada en el piso fumando y aburriéndose. Al fondo del salón, había una especie de tienda de campaña negra de la que entraba y salía gente. En una que mi hermana se acercó a la tienda, logró distinguir el inconfundible mechón blanco de Guillermito «Fantástico» González, quien a la sazón ya había abandonado la conducción de *Viva la juventud* para encargarse del nuevo proyecto de RCTV, *Fantástico,* con el que pretendían batir a *Sábado Sensacional,* el archienemigo de Venevisión. Una aspiración que jamás llegó a cristalizar a pesar de los esfuerzos y el carisma del gran Guillermito.

Fiel a su norma, mi hermana al cabo de unos minutos de inspección resolvió que lo mejor era seguir moviéndose. Se metió en uno de los baños de la planta baja, pero salió espantada cuando vio cuatro piernas moverse frenéticamente dentro de uno de los reservados. Regresó al *backstage* y se asomó por la tramoya hacia el escenario donde estaban algunos técnicos haciendo pruebas con las luces y el sonido. Ya el público, compuesto por centenares de adolescentes, comenzaba a llenar las sillas del teatro. Le preocupó que todavía no era la 1:00 de la tarde.

A esa hora, ya los tacones le estaban jugando una mala pasada a su espalda. El problema era que no había una sola silla donde sentarse. Fue cuando se acordó de la gente tirada en el piso en el área de los «camerinos». Decidió, entonces, agarrar su morral y subir de nuevo al segundo piso. Misteriosamente, el salón estaba casi vacío; apenas estaba uno de los peluqueros aplicándole laca a una de las bailarinas del ballet del *show*. Echó el morral en uno de los sofás Chester despellejados y se largó a dormir una siesta que sería interrumpida, hora y media después, por el propio Guillermito González:

—Fiera, ya el «Grupo» está por llegar. Ponte las pilas que van a llegar por el restaurante chino de al lado. De ahí los pasamos al teatro por el túnel —le dijo el animador que ya estaba trajeado con uno de sus infinitos trajes de lino, tan de moda por aquella época. Guillermo González, cuenta mi hermana, olía a una nostálgica mezcla de Lavanda Yardley con Etiqueta Negra.

Mi hermana tardó varios segundos en procesar las órdenes de «Fantástico» González. Apenas alcanzó a pestañear en señal de Ok y se levantó del sofá, de manera felina, dispuesta a cumplir con el encargo.

En un derroche creativo, mi hermana sacó el carnet del club «Enamoriscadas» y se lo guindó al revés en el cuello; truco que, junto al *strapless* que cargaba puesto, la hacía lucir como una productora chic y atareada.

Bajó al chino como le había ordenado Guillermito y se encontró con que estaba cayendo un soberano aguacero. La calle se había vaciado producto del palo de agua y el asfalto mostraba un brillo primigenio, reluciente, casi metálico.

En eso llegó la limusina.

Cuando el grupo se bajó de aquel Cadillac, más bien parecía que un autobús escolar se hubiese detenido frente al teatro La Campiña: cinco adolescentes en bluyines, franelas de surfista y patineta al hombro, descendieron de aquel carro negro como si se dirigieran a un soleado parque de *skaters* californiano.

A mi hermana le costó reconocer a aquel grupo de púberes en un primer instante. Echaba de menos las ajustadas prendas de cuero negro, el peinado «secado a pistola» y el falso sudor en sus incipientes bíceps. A René lo identificó por dos características asociadas al desarrollo hormonal: su nariz aguileña y la pronunciada manzana de Adán, culpables de su cambio de voz y consiguiente salida de la agrupación.

Más atrás venía una miniván con el resto del *staff*. Mi hermana conocía con precisión a cada miembro del equipo logístico del grupo, incluido el mánager, un tipo de apellido Díaz. Y a ese fue a quien abordó apenas se bajó de la miniván. Rápidamente y sin dar muchos detalles, le explicó que era la asistente de producción del *show* y que estaba ahí para acompañarlos hasta el teatro. El hombre en un principio se extrañó de aquel exiguo comité de bienvenida, pero igual accedió a seguir a mi hermana hasta la puerta lateral del teatro.

Cuando ya estaban adentro, fue que mi hermana se acordó de la instrucción de Guillermito «Fantástico» de llevar a la gente al restaurante chino de al lado. Ella consideró que ya era tarde para eso y desechó la idea. El mánager le preguntó por los camerinos y ahí sí fue que comenzó a sudar frío. La verdad es que no tenía idea de lo que había previsto la gente de producción para el caso. Mi hermana le dijo que iba a buscar al productor general para que se encargara de esos detalles y desapareció por un pasillo.

En el *backstage* estaban los cinco Menudos matando el tiempo patineteando. Mi hermana sacó su camarita Kodak del morral y les hizo algunas gráficas, la mayoría de las cuales salieron oscuras y desenfocadas, aunque un afortunado *selfie* que logró hacerse junto a René fue la envidia de sus amigas por años y es el único trofeo que aún conserva de aquella tarde.

Cumplidos sus objetivos, mi hermana consideró que había corrido con demasiada suerte y decidió asumir de nuevo su identidad de fan «enamoriscada». Pero en lo que volvió a la salida, notó que algo no marchaba bien. El mánager del grupo discutía a gritos con Guillermito y amenazaba con llevarse a «sus muchachos» y cancelar la presentación. El animador le explicó que le había mandado a una productora para que se encargara de todo. Esto enfureció más al representante, que le respondió que la fulana productora los había abandonado a su suerte hacía casi una hora. Mi hermana sintió que tanto el vestido como el maquillaje le ardían encima y la delataban.

El único sitio que sintió seguro fue el área de «camerinos» en el segundo piso y hasta allí se llegó en una centelleante carrera. Debido a que el show estaba a punto de comenzar, el sitio estaba completamente vacío; ni siquiera los peluqueros estaban en sus puestos. En otro de sus alardes de audacia, mi hermana calculó que la carpa-camerino era el sitio más idóneo para capear el temporal. Se metió detrás de unos archivadores y aprovechó para cambiarse la ropa.

En ese momento escuchó por las cornetas la canción que servía de presentación de *El Show de Fantástico*. Ni siquiera intentó salir de la carpa. Entendió que ese día no vería al grupo cantar en vivo. Entendió, también, que se había curado.

Toy Story

MI HISTORIA CON LOS JUGUETES siempre será dolorosa. Eso lo entendí la semana pasada cuando, buscando una aspiradora con mi mujer en el centro, me topé con una de las tiendas donde solían comprarnos los juguetes navideños y de cumpleaños. El centro de la capital no es un sitio que frecuente hoy en día con asiduidad. Hace muchos años trabajé por la zona y llegué a ser *habitué* de varios restaurantes y tascas de La Candelaria, pero un buen día que mis actividades laborales cesaron en ese sector, las visitas se fueron espaciando hasta que, sin más, no volví por la zona. Bueno, hasta aquella tarde de sábado en que retorné en busca de una imposible aspiradora a buen precio.

Ya de por sí era un milagro que el local aún se mantuviera en pie. Sé que ahora miro todo con el dudoso filtro de la nostalgia, pero de niño recordaba aquel gran almacén surtido con los más bellos y apreciados juguetes de la época. Marcas como Fisher-Price, Mattel, Lego, Hasbro o Hot Wheels, por citar los más conocidos, abarrotaban las vidrieras y los anaqueles en una cornucopia lúdica que me hacía muy feliz cuando me internaba en aquel bosque plagado de muñecos Big Jim, pistas de carritos y naves espaciales.

Recuerdo un diciembre en que lanzaron al Hombre Nuclear la figura de acción homónima de la serie de televisión. Era un secreto a voces que quien tendría primero el apetecido muñeco sería El Botón de Oro, el almacén del que estoy hablando. Era la primera quincena de diciembre de aquel lejano año 75 cuando llegamos al local. La cola para ingresar a la tienda le daba la vuelta a la manzana. Mi papá estuvo a punto de regresarse, pero un breve e intenso pataleo por parte nuestra lo conminó a formarse en la larga cola y sacar su *Gaceta Hípica* a manera de iPad para matar el tiempo.

Aquel Hombre Nuclear venía con varios accesorios que se compraban aparte y que costaban casi igual que la figura. Recuerdo que uno de los accesorios que me compraron junto con el Steve Austin fue una suerte de cabina donde «el hombre de los seis millones de dólares» se da el tortazo que lo deja vuelto leña y por el cual le colocan los miembros biónicos. Ese Hombre Nuclear, meses después, sufriría los mismos embates del personaje de la serie cuando lo lance por el balcón del apartamento y aterrizó en el jardín del edificio convertido en «el hombre de cero dólares».

En un cumpleaños, me regalaron un fuerte apache construido con una minuciosidad y un detalle que no he vuelto ver ni siquiera en piezas que he adquirido como coleccionista adulto de juguetes. Era fabricado en los Estados Unidos con un control de calidad severo que se notaba en los pulcros acabados de pintura y moldeado. Y así podría nombrar trenes a escala alemanes, modelos para armar de aviones de la Segunda Guerra Mundial, barcos y submarinos que funcionaban sobre y bajo el agua, figuras de personajes de Hanna Barbera, Looney Tunes y un sinfín de juguetes más que El Botón de oro tenía a disposición de los niños caraqueños de la época.

Aquel sábado, cuando crucé de nuevo las puertas de la tienda luego de muchos años, sentí que recuperaba algo de mi infancia, pero también advertí que había perdido buena parte de lo que alguna vez fue nuestro país. Las vidrieras estaban desoladas y polvorientas. En uno que otro anaquel vegetaban pocas cajas con juguetes paupérrimos y de dudosa procedencia. La otrora gran tienda de juguetes de mi niñez ahora se hallaba sumida en una decadencia grotesca, pobre y terminal. Como el país, supongo.

Back to the Reality

HACE POCO ARRIBAMOS a la decisiva fecha que nos hizo entender que el futuro (o parte de él) no sería como lo habíamos imaginado. El pasado 21 de octubre de 2015 se cumplió al fin el día programado en el tablero del DeLorean del Dr. Emmett «Doc» Brown, máquina del tiempo en la que tanto él como el joven Marty McFly viajan a un futurista año 2015 dominado por promesas tecnológicamente incumplidas.

Si usted tiene menos de 30 años, y además no es fanático de la ciencia ficción y el cine, difícilmente pueda entender la referencia anterior. Sin embargo, hace escasas semanas, la referida fecha fue tendencia mundial y dificultosamente haya podido escapar del abrumador *trending topic* que significó *Back to the Future II* en las redes sociales.

La película de Robert Zemeckis marcó todo un hito para mi generación. En 1989, año en que se estrena la segunda parte de la trilogía, yo tenía la misma edad de Marty McFly. También me vestía de manera muy similar a él. Me recuerdo aquel año luciendo unos zapatos Nike Bruin comprados en

Margarita, mis Levi's 501 originales adquiridos en un puesto del mercado de Guaicaipuro y escuchando a *Huey Lewis and the News* en mi Walkman Aiwa. Tal vez uno de los aspectos más interesantes de la película producida por Steven Spielberg sea las expectativas que la década de los 80 tenía con relación al nuevo milenio. Pocos críticos lo han advertido, pero en *Back to the Future II* la suerte de la familia McFly no fue un jardín de rosas en ninguna de las realidades paralelas que desarrolló el guionista Bob Gale.

Por una parte, en el primer «bucle temporal», el Marty de 2015 es un triste y decepcionado padre de familia cincuentón. Un músico frustrado por un accidente vial de su juventud que lidia con un hijo idiota, una familia disfuncional y un empleo mediocre. El Marty proveniente de 1985 no logrará ver a esa versión fracasada y decadente de sí mismo. Por el contrario, se maravillará al saber que en ese no muy lejano 2015 los carros y las patinetas vuelan, los abogados están prohibidos, hay una Pepsi Perfect que cuesta 50 dólares o que la justicia te puede condenar en escasas dos horas.

Pero eso no es todo. En ese hiperfuturista año 2015 también se podía disfrutar de una pizza miniatura, que al ser hidratada tomaba las dimensiones de una tamaño familiar. En el ámbito deportivo, los Cachorros de Chicago le ganaban la Serie Mundial a un inexistente (para 1985) equipo de Miami. Lo curioso es que el equipo de Miami, que en realidad sería fundado en 1993, mucho después de filmada la última saga de la trilogía, ha ganado hasta ahora dos series mundiales, mientras que los Cachorros tienen el pesaroso récord de no ganar una Serie Mundial de béisbol desde hace ¡107 años!

El *downtown* del Hill Valley de 2015 cuenta hasta con un café temático de los años 80, en cuya vitrina se exhiben íconos de esa década como una computadora Macintosh de Apple, un televisor y videocámara JVC, un reproductor de video de la misma marca y varías cintas VHS de *Jaws* (chiste interno entre Zemeckis y Spielberg, al igual que el holograma publicitario de una supuesta *Jaws 19* que asusta a Marty en plena calle). Es en esa misma vitrina donde Marty verá el *Almanaque* con los resultados deportivos que van de 1950 al 2000, el cual, dicho sea de paso, le traerá ingentes problemas cuando regrese al idílico 1985 del que salió apenas hace unas horas.

En el otro «bucle temporal», ese donde Marty regresa con el «Doc» a los 80, la familia McFly está prácticamente desintegrada. Biff Tannen, otrora *bully* y bravucón, ahora es un cruel y mafioso magnate de todo un imperio levantado gracias al almanaque de resultados deportivos que birló en 2015 y se entregaría a sí mismo en 1955, utilizando para ello el DeLorean que robó en un descuido de Marty y Doc.

Ese «1985 Tannen» es toda una oda a los exabruptos del dinero y al nuevorriquismo. Biff Tannen hasta un museo tiene de sus hazañas en un casino de su propiedad. «El hombre más sortario del mundo», se lee en uno de los titulares del *Hill Valley Telegraph* que aparece en un documental biográfico del museo. Paradójicamente, en ese «pasado-presente Tannen» sí que hay profecías que se han cumplido, sobre todo en Latinoamérica, donde el dinero a manos llenas, en vez de dicha y prosperidad, lo que ha traído es ruina y desolación.

En 1989 vi *Back to the Future II* en el Cine Broadway de Chacaíto. En estos días pasé por ahí y caí en cuenta de que tal vez Biff Tannen en vez de millonario terminó fue en evangélico.

Piñatas y parrillas

TAL VEZ UNA DE LAS PRIMERAS experiencias de sobrevivencia a la que se enfrenta el ser humano sea la asistencia a una piñata. El desafío se inicia desde muy temprano en la mañana, cuando la joven madre se mete en el clóset del niño para escogerle la ropa que lucirá el día de la «fiestecita». La joven madre, quien cree que su primogénito es una extensión de ella misma, siempre le escogerá al hijo lo más caro, pretencioso, incómodo y caluroso. «Primero muerta que sencilla», se dice mentalmente mientras le encasqueta al chamo un suéter de invierno comprado en Zara, o le tiempla la cabellera a la niña con un moño que también le servirá de antiarrugas.

Piñata que se respete comienza a las 3 de la tarde, en medio de una pepa de sol y una cornucopia de olores que puede ir de los enervantes aromas a cotufa, perro caliente o algodón de azúcar hasta el dulce y revulsivo hedor a pañales sucios mezclados con otras eyecciones promovidas por el exceso de azúcares y glutamato de potasio.

Lo primero que uno nota al entrar al parquecito, salón de fiesta o jardín donde se lleve a cabo el evento es que la madre del cumpleañerito de ocasión ha empeñado, como mínimo, las joyas de la abuela para llevar a cabo aquella puesta en escena con la que tanto soñó. De pronto te encuentras con la versión tropical de un Disney de presupuesto precario, por no decir accidentado. Castillos inflables con parches, pintacaritas que más bien parecen manicuristas, camas elásticas sin resiliencia, piscinas de pelotas sucias y hasta un DJ que mezcla a David Guetta con Popy es lo mínimo que te tropiezas no más al entrar.

En esas fiestas infantiles he visto de todo. Las piñatas son una suerte de prefiguración de todas las fiestas a las que asistirás en tu vida. El guión casi siempre suele ser el mismo, salvo que hay una evolución natural donde la Frescolita se transforma en whisky y el Cheese Tris en tequeños.

Una piñata, por otra parte, es el paraíso del «Niño Bully». Mientras los despreocupados padres se concentran alrededor de la botella de Etiqueta Negra en busca de soluciones a los problemas del país, Kid Bully hace de las suyas repartiendo trompadas a los más chicos y pidiéndoles «prestados» los juguetes que han recogido en la piñata. En una oportunidad vi cómo un padre, impotente ante los desmanes de uno de estos minúsculos abusadores, tomó justicia por su mano, aunque más bien debería decir por «su pie». El pequeño demonio de turno parecía un huracán categoría 5. No le bastó con dejarles moretones, raspones y chichones a casi todos los asistentes al cumpleaños o arrancar medio pedazo de torta con forma de Batimóvil, sino que no le cedió el palo a nadie cuando le tocó el turno de propinarle unos salvajes palazos a la piñata. Fue allí cuando un justiciero padre urdió su venganza. Pidió encargarse del mecate de la piñata y en dos subidas y bajadas, decidió que era hora de romperla. Cuando lo hizo, ubicó a su objetivo que ya para ese momento les zamureaba los juguetes a dos niños que tenía enfrente. Sin más, le posó un pie en una de aquellas malvadas manitas. Media hora después, «Superdad» paladeaba un reconfortante whisky mientras observaba al pequeño Tasmania remojar su mano derecha en una hielera.

Una parrillada es un rito que va más allá de deglutir ingentes cantidades de proteína animal como si el mundo se fuese a acabar y nuestra única salvación se encontrara cifrada en una crepitante punta trasera sobre unos carbones. La parrillada es una experiencia extrasensorial. Un placer postergado en el tiempo. Por otra parte, nadie sabe exactamente cuándo «termina» el festín. Su misterio tal vez radique allí, en lo inacabado del gozo.

Para que una parrillada sea, tienen que darse y conjugarse varios requisitos *sine quibus non*. Por ejemplo, es de muy mal gusto, y hasta pavoso, hacer una parrilla dentro de un apartamento y que las cortinas y los muebles huelan a chistorra durante mes y medio. Se trata de un evento que pertenece al aire libre, o por lo menos donde el aire circule libremente. Por otra parte, no es una actividad enteramente familiar; no es nada aconsejable que manadas de niños intoxicados de azúcar correteen alrededor de un asador. He visto tragedias domingueras cuando esos dos factores se juntan.

Si en una piñata los progenitores se distraen del cuidado del niño, imagínese usted a un padre con ocho whiskys entre pecho y espalda, obnubilado con los cantos de sirena que emiten las morcillas y los chorizos a alta temperatura. En una ocasión, me invitaron a una parrilla en el salón de fiesta de un edificio. Lo inadecuado de la locación me hizo dudar de si aventurarme o no a la comilona, pero ¿qué mejor plan puedes tener un domingo a las 4 de la tarde? Cuando llegué, otro factor me hizo dudar de la decisión que había tomado: había más niños que adultos y eso va contra el Manual de la Perfecta Parrilla. Lo que pasó aquella tarde ya lo había anticipado apenas crucé la puerta del salón de fiestas. Un chamo venía persiguiendo a otro, cuando se llevó de frente la parrillera que estaba cargada con dos puntas, tres pollos y un montón de salchichas, todo lo cual (tizones al rojo vivo incluidos) fue a dar a la pista de baile. El chamo que chocó con la parrillera resultó con quemaduras en una oreja, la espalda y las nalgas. Lo insólito es que, luego de que se llevaran al niño a la clínica, el dueño de la fiesta armó la parrilla de nuevo y montó las puntas y los pollos recogidos de la pista de baile. «La candela lo mata todo», fue su lema sanitario.

Hacer una parrilla es más complicado de lo que aparenta. El éxito de una parrillada depende de muchos factores, allende la calidad de la carne. Por ejemplo, en el mundo de la parrillología existen dos escuelas: los que adoban la carne y los que no. Los que utilizan carbón o por el contrario prefieren leña. Hay los partidarios de la yuca (frita o sancochada) y los amantes de las hallaquitas. Hay quienes necesitan una buena ensalada de acompañante y otros que la ven con asco. En fin, todo lo anterior se queda pequeño ante la patriarcal figura del parrillero o parrillólogo, como les gusta hacerse llamar a algunos.

El parrillólogo es el Prometeo del fogón. Domina por lo menos siete maneras de encender las brasas sin utilizar combustible. Verlo trinchar los rollizos cortes provoca en los hambrientos un apetito bíblico, sobre todo cuando da a probar de su mano trocitos de solomo a sus comensales, haciéndoles entrar en comunión con un dios bovino y ahumado. Usted nunca verá al parrillólogo sentado a la mesa comiendo de su tabla. Y no lo verá por la sencilla razón de que el hombre, a lo largo de la tarde, ya se ha comido «picandito» tres veces la porción que le tocaba. «Zamuro come brincando», dice mientras se escarba los dientes con el meñique.

Mi problema con el kung-fu

CUANDO NO HABÍA INTERNET, los mitos urbanos nacían y crecían sin otro freno que nuestro ingreso a la madurez. A veces hasta ni eso lograba detener el desarrollo de ciertas mitologías que, seguramente, nos acompañarán hasta nuestro lecho de muerte. El kung-fu, me temo, es una de ellas. Crecí en la Caracas de los 70, eventualidad esta que me obligó a convivir con chamos cuyas tardes discurrían en una actividad extracurricular que sus madres llamaban «el kárate» y a la que ellos acudían disfrazados como si fueran para un *casting* de *Operación Dragón*. Algo en el kimono o en los coloridos cinturones les insuflaba a los pequeños karatecas un halo de superioridad y condescendencia hacia sus compañeritos «civiles», niños en cuyas familias no había tiempo ni presupuesto para las artes marciales.

Si no me equivoco, me parece que todo comenzó con *El Avispón Verde*, una emblemática serie de finales de los sesenta que lanzaría al estrellato a ese héroe de la patada voladora y grito de fúrico llamado Bruce Lee.

De hecho, la verdadera estrella del *show* era en realidad Lee, un joven actor californiano de origen chino, formado en Filosofía por la Universidad de Washington y practicante destacado del wing chun kung fu.

El actor interpretaba a Kato, el fiel mayordomo y chofer de Britt Reid, propietario del periódico *Daily Sentinel* pero, en sus ratos libres, alter ego justiciero: El Avispón Verde. Todos los espectadores esperábamos con ansia la entrada en acción de Kato, quien enfundado en su traje negro de chofer, se encargaba de resolverle la papeleta al Avispón, que apenas lograba soltar una que otra pescozada y echar gases con una pistolita. En resumen, Kato era el Tipo.

Nacimiento del primer mito: con un buen entrenamiento, te puedes quitar de encima a un montón de tipos malos con unas patadas y unos gritos histéricos. Kato era la encarnación viviente del respaldo que quisiéramos tener en una pelea callejera.

Bruce Lee, luego de cancelada la serie que apenas duró una temporada (los guiones eran malísimos, todo hay que decirlo), entró en una suerte de limbo o «fantasmeo» profesional. Todos los productores le prometían papeles pero ninguno llegó a cumplirle. De hecho, Lee era el candidato natural para interpretar a Kwai Chang Caine en la archifamosa serie de televisión *Kung-fu*, un proyecto que se venía cocinando desde principios de los 70 y cuyo papel finalmente terminaron dándoselo a David Carradine, integrante de una rancia familia de actores de Hollywood. Lo insólito era que Carradine no sabía ni papa de kung-fu, pero el hombre fue aprendiendo en el camino, fiel a la filosofía Shaolin del personaje que interpretaba.

Lo cierto del caso es que Bruce Lee, limpio y decepcionado, se marchó al Hong Kong de sus ancestros. Corría el año 71 y el futuro del artista marcial lucía incierto. Sin embargo, sería en los siguientes y últimos dos años de su vida cuando su leyenda alcanzaría los ribetes de mito.

A los mitos solo les bastan unos cuantos empujoncitos para quedar instalados en la memoria colectiva. En el caso de Bruce Lee, pero sobre todo del kung-fu, fueron varios y certeros. El actor, antes de migrar a Hong Kong, había dejado atrás una ristra de amistades influyentes, entre las que se cuentan actores de la talla de Steve McQueen, James Coburn o el basquetbolista Kareen Abdul Jabbar, quien además era discípulo del artista marcial. Pero no solo eran las amistades: Lee había tenido el tino de abrir tres gimnasios donde enseñaba su técnica personal llamada «Jun Fan Gung Fu», que en cristiano era algo así como el kung-fu de Bruce Lee. El hombre había dejado sembrada esa semilla en California, tierra productora de mitos y leyendas a granel.

El asunto es que a Bruce Lee mejor no le pudo haber ido en su gran aventura china. Entre el 71 y el 73 llegó a filmar cuatro películas de artes marciales que hoy en día son verdaderos clásicos del género. *El Gran Jefe* fue la primera de ellas; un éxito que le reportó millones de dólares al joven actor chino-americano y que le valdría el título de héroe nacional en

China. Luego vendrían *Puños de furia*, otro exitazo de taquilla entre el público asiático, y, seguidamente, *El camino del dragón*, grabada enteramente en Roma y en donde haría su aparición otra leyenda del cine y la televisión como lo es el norteamericano Chuck Norris. La escena final de esta película, filmada en el Coliseo romano y protagonizada por Lee y Norris, se tiene como «la pelea del siglo», valoración que parece un poco exagerada, sobre todo cuando la examinamos con detenimiento en la actualidad.

Sin embargo, su apoteosis vendría en el 73, año de su muerte y consagración. En abril de ese año finaliza el rodaje de *Operación Dragón*, su obra cumbre para los entendidos. Moriría cuatro meses después de un aneurisma cerebral en Hong Kong, en el apartamento de una actriz amiga que le suministró un medicamento que le provocó una reacción alérgica.

Con la muerte de Lee, a los 33 años, se abrió el camino para la «Bruceleeexplotation», una exposición saturada de la figura del actor en los medios de comunicación que, ya a mediados de los 80, llegó a hartar a buena parte de la generación que creció idolatrándolo.

En mi caso particular, el mito del kung-fu fue finalmente barrido gracias a un evento que tuve a bien presenciar a finales de los años ochenta en una calle caraqueña.

Una *pick-up* cargada de frutas había chocado accidentalmente a un inmaculado Toyota Corolla del año. Nada grave, una abolladura insignificante en el parachoques trasero. Yo estaba parado en una esquina del rayado peatonal y tenía buena visual de la escena. Del Corolla se bajó un iracundo chamo con pinta de surfista y malas intenciones. El conductor de la camioneta solo se apeó cuando el surfista le abrió violentamente la puerta de su vehículo. Era un tipo de unos cuarenta y pocos, algo calvo y pequeñajo. Sin embargo, reparé en un detalle que tal vez para muchos transeúntes pasó desapercibido: el hombre tenía las manos del tamaño de los melones que llevaba en su carga. El de la *pick-up* trató de mediar pacíficamente y hasta hizo un gesto de sacar la cartera para zanjar el contratiempo. Pero el surfista parecía ya poseído por el espíritu de Bruce Lee: bailoteaba y movía la cabeza de un lado a otro, como tratando de relajar los músculos del cuello, en un gesto canónico de la rutina del protagonista de *El Gran Jefe*. Al chamo lo que le faltó fue sacar unos *nunchakus* y ponerse a hacer una demostración en plena calle. El frutero a todas estas no se había puesto ni en guardia. Creo que lo estaba «midiendo». El surfista estaba tan embebido y orgulloso de su *preview* que ni siquiera notó cuando aquel «Puño de Furia» le apagó las luces del escenario. Ese tipo de nocauts solo se los he visto dar a Tyson por televisión. Cuando el surfista parecía chapotear sin tabla en el asfalto, el señor de las frutas se montó en su camioneta y, sin esperar que la luz del semáforo cambiara, enfiló su *pick-up* hacia rumbo desconocido, como lo haría el propio Bruce Lee en cualquiera de sus películas.

Secretos de alta mar

Las secretarias han cargado a cuestas con cierta mala fama que no se merecen. Es, tal vez, el gremio que más ha sido asociado con aquella sentencia bíblica de que «pagan justos por pecadores». Los deslices y debilidades de unas pocas han significado la reprobación y el estigma de la única parte «afectada» en todo esto: las esposas de sus jefes.

La secretaria, como se le conoce hoy día, es un producto de la industrialización de la sociedad y, por tanto, un fenómeno del siglo xx. El progreso industrial demandó que la mujer saliera de la intimidad del hogar para incorporarse al mercado de trabajo; primero como obrera y luego como asistente en unas oficinas dominadas por hombres. Viéndolo en retrospectiva, debió haber sido un choque sociocultural crucial eso de poner a hombres y mujeres a interactuar en un ambiente cerrado por varias horas al día.

En mi caso particular, jamás he tenido una secretaria. No sabría cómo manejarlo tampoco. Me debatiría entre ser muy exigente o permisivo, atacón o monacal. En fin, «Dios no le da cachos a burro», decía mi padre, y esa situación me ha salvado de comportarme como un jefe de la serie televisiva *Mad Men*.

El caso de que nunca haya tenido una secretaria no significa que no haya trabajado y entablado amistad con muchas. De hecho, el primer empleo que tuve en mi vida fue de *office boy* en un bufete de abogados plagado de coquetas y fumadoras secretarias. Eran el alma de la oficina. Las recuerdo bajo la nube azul cobalto de sus eternos cigarrillos, tecleando frenéticamente en unas máquinas IBM que ellas llamaban «procesadoras de palabras». Cada una estaba asignada a un abogado del bufete, a quien le profesaban un cariño y una lealtad a toda prueba. Que yo recuerde, jamás vi nada sospechoso ni furtivo en aquellas relaciones jefe-secretaria.

No quisiera alimentar aún más la leyenda negra que se yergue sobre ese vilipendiado colectivo de esforzadas trabajadoras, pero no sería justo con el lector si guardara para mí la siguiente anécdota, que, en todo caso, no hace sino atizar un poco la llama del mito.

El asunto pasó a principios de los 90. Yo acababa de entrar en una agencia de publicidad como aprendiz de redactor y, a diferencia del ambiente puro y angelical del bufete, en la agencia se respiraba un aire de fiesta, romances clandestinos y relaciones peligrosas. Así las cosas, pronto pude darme cuenta de que las encerronas, cuchicheos y gemidos en las oficinas de los jefes distaban mucho de ser el producto de un «brainstorming». Al parecer, el cerebro no era el único órgano involucrado en aquellas tormentas maceradas entre la tabiquería, el plafón, la alfombra y el hilo musical.

Cuando llegó el Día de la Secretaria, a uno de los directores creativos se le ocurrió la idea de hacer la celebración en un yate mediano, propiedad de un casquivano cliente de la agencia. Uno de nuestros jefes había sido alguna vez propietario de una lancha, cosa que hacía suponer que poseía algunos rudimentos de navegación. Al cabo de 5 whiskys, el hombre transformó aquellos rudimentos en una vasta pericia de lobo de mar. Fue entonces que se sintió con la suficiente entereza para zarpar de la marina con aquella lujuriosa y beoda tripulación a bordo con el fin de «darle una vueltica a la playa».

Como a las 9 de la noche, alguien se dio cuenta de que no se veían las luces de La Guaira por ninguna parte y de que el yate tenía el bamboleo propio de las embarcaciones sin ancla, capitán y rumbo. Esta misma persona quiso alertar de esas novedades al grupo, pero cuando quiso hacerlo se encontró con una muchedumbre de febriles nudistas que quemaban sus escasas ropas y las echaban a estribor en una suerte de ceremonia vikinga.

La pandilla de alegres publicistas retornaría a Playa Grande tres días después en el yate remolcado. Venían desnudos, insolados y deshidratados. Un comité de bienvenida, compuesto por las esposas de los jefes, esperaba anhelante en el puerto.